走神

王跃文

著

湖南文艺出版社

图书在版编目 (CIP) 数据

走神 / 王跃文著 . -- 长沙：湖南文艺出版社，
2024.4
ISBN 978-7-5726-1522-1

Ⅰ . ①走… Ⅱ . ①王… Ⅲ . ①随笔—作品集—中国—
当代 Ⅳ . ① I267.1

中国国家版本馆 CIP 数据核字 (2023) 第 237386 号

走 神

ZOUSHEN

作　　者 王跃文
出 版 人 陈新文
责任编辑 张文爽
封面设计 肖睿子
内文排版 玉书美书

出版发行 湖南文艺出版社
　　　　（长沙市雨花区东二环一段 508 号　邮编：410014）
网　　址 http://www.hnwy.net
印　　刷 湖南省众鑫印务有限公司
经　　销 新华书店
开　　本 787 mm×1092 mm 1/32
印　　张 7.75
字　　数 116 千字
版　　次 2024 年 4 月第 1 版
印　　次 2024 年 4 月第 1 次印刷
书　　号 ISBN 978-7-5726-1522-1
定　　价 56.00 元

自　序

　　我自小失眠，去医院看病，医生不解，问：怎么睡不着觉呢？小小年纪就想人事了？医生笑得鬼气，我不懂他说的是什么。多年后，方知医生讲的人事是大人才做的事。

　　中年开始，我失眠越发厉害。有人教我数羊催眠，我却数着数着就走神了。我家乡极少养羊，记得生产队只分过一次羊肉。我有位当兵复员的远房堂哥，提着分到手的羊肉，说：我在部队上，一个礼拜吃一顿羊肉。村子往东南三十里有个军用机场，我家屋顶上空常有战斗机飞过。每听飞机的轰隆响声，我堂哥就抬头望望，说：我在部队上，一个礼拜坐一趟飞机。村上人没有人讲"礼拜"，讲的是"星期"；村上人也不讲"顿"，讲的是"餐"；村上人也不讲"趟"，讲的是"回"。因为堂哥讲"礼拜""顿"和"趟",又因为他时常吃羊肉、坐飞机,我对堂哥越来越崇拜。但是,有一回见堂哥腋下夹着扁担啪啪啪啪作射击状,我就开始怀疑他讲过的话了。我年年观看村上民兵训练,知道枪托是要抵在肩胛处,而不是夹在腋下的。后来,我又听说堂哥在部队是炊事兵,只怕没摸过几回枪。

村上凡红白喜事,白案红案都有现成班底,堂哥慢慢成了专管蒸甑子饭的大师傅。我料定堂哥在部队是煮饭的,更加相信他过去说过的好多话都是吹牛了。听说谁家死人了,堂哥在家就不再吃饭,留着肚子去吃大席。红喜事是事先定日子的,堂哥只要听到信了,早三日就不正经吃饭,一天到晚笑眯眯下地做事,盼着早到黄道吉日,敞开肚皮去吃几日饱足饭。红白喜事办完了,主家得办席答谢帮忙的人,此俗喊作洗厨。堂哥每逢吃洗厨席必喝得大醉,回家便哭他夭折的长女小京。我始终搞不明白,他满地打滚哭小京,可他后来生的女儿也叫小京。也许,堂哥是很爱这个"京"字的。

多年后,我在县城里工作,有一回听说堂哥生病住院了，赶紧跑去医院看望。我先去医生那里询问堂哥病情，得知他患的是胃癌，晚期了。我坐在堂哥病床边，嘱咐他安心养病。堂哥瘦得皮包骨，笑嘻嘻地露着黑黄的牙，说：老弟，我怎么可能得癌症呢？我三坨都还没长大，我怎么可能得癌症呢？三坨是堂哥最小的儿子，堂哥不甘心儿子未成人，自己就先得恶病去了。又一日，我再去医院看堂哥，见他痛得跪地哭号：我三坨还没长大啊！等我三坨抬亲了我再死啊！我原本数着羊的，却想到早已死去多年的堂哥了。

数羊未能安眠，有人说枕边放本无聊书，翻几页就打哈欠了。世间无聊之事还嫌少吗？何必还去读无聊之书呢？我试着闭上眼睛背书，料想这比数羊兴许更能安神。我少时凭童子功背过些东西，哪怕日久淡忘，只稍作温习，仍能背诵。我默诵屈原《涉江》，刚背出首句"余幼好此奇服兮，年既老而不衰"，就又走神想着穿衣服的故事了。

自小娘就要我爱整洁，我的衣服总是干干净净。娘说，笑烂不笑补，笑脏不笑旧。衣服穿破了，只要补得整齐，穿着也不丢脸。衣服旧了，只要洗得干干净净，穿出去也好看。小时候，我的衣肘上、膝盖头上和屁股上打补巴是常事。我记事起，奶奶已老，眼睛又不光亮，不再下地干活了。她在家弄茶饭、养六畜、纺纱线。纺车放在茶堂屋，织布床机放在中堂屋。纺纱是奶奶的事，妈妈只管织布。奶奶眼睛起雾了，她凭感觉也能把纱纺得又细又匀。妈妈大多是夜里织布，白天抽空也要织布。吃过早饭，或吃过中饭，妈妈都要坐到床机前去飞几梭子。听到生产队长吹响出工的哨子，妈妈边抬头望望门外赶工的社员，边飞快地穿梭织布。每回都等到不能再挨了，妈妈才起身扛上锄头，或担上筲箕，飞跑着往田里赶。

　　布织得足够了，妈妈选个好晴日，邀上几家打伙染布。平日煮猪潲的大锅用作染锅，染料热腾腾的香气从灶屋飘出来，妈妈和邻家婶嫂们笑着喊着，瓦檐上的麻雀叫得格外欢快。新染出来的黑土布在日光下泛蓝，村上人喊它作毛蓝布。棉衣面料是毛蓝布，夹衣和裤子也用毛蓝布做，衬衣则用素白土布或花土布缝制。妈妈善织一种飞机花，花样是直直的机身和平展的两翼，像极了当时电影里常见的老式战斗机。选飞机花布做成衬衣，很有样子。那时，小孩子的衣服通常缝得长大，今年穿了明年后年长高了还能穿。我每回穿新衣服，挽卷好过长的衣袖，都要平伸双臂比比，看两袖是否卷得长短整齐。妈妈见着都会笑，说我会爱漂亮了。大姐年轻时做过裁缝，她给我缝过一件单夹衣，毛蓝布面子，飞机花里子。衣的袖子照例做得长过五指，我穿着时需卷上三寸长的边。我多年后见艺人穿长衫登台，袖口露几寸白边，很有派头。哪晓得，我少年时便是这般派头了。

十四五岁时，我开始嫌土布衣服太丑。这时候，一种叫的确良的布料很时髦。乡里人说得神奇：的确良是日本佬拿石头做的，埋在土里十年不腐。记得大哥有一件的确良衬衣，白天出工舍不得穿，吃过晚饭洗过澡才穿上。我没有穿的确良的福分，大姐倒是给我做了两件平纹白布衬衣。我自此告别穿家织土布的日子。记得那年暑假连降阴雨，我两件平纹白布衬衣都洗了，几日都干不了。我穿着旧土布衬衣，盼着平纹白布衬衣早点干。性急，过会儿就去摸摸衣角。等衬衣晾干了，衣角上已是黑黄的手印子。

我青年时代也穿过花衬衣、喇叭裤，也留过长头发。我头发稍长就起波浪，人以为我头发是烫过的。等我把头发理短，就到了穿什么衣服都不太在意的年龄。不过，四十岁左右，我酷爱穿格子衬衣。有几年上海书展我都去，有位热心读者年年都来签名合影。有一回，这位读者拿出三年前同我的合影照片，发现我当时穿的仍是三年前那件红格子衬衣。我自嘲道：王老师就这件红格子衬衣，一穿就是三年！如今，我头发白了，自然只穿深色衣服了。

敝乡有俗话：吃饭穿衣，不碍朝廷。老百姓吃饭穿衣都是自己的事，但并非自古如此。明朝皇帝就很爱管老百姓穿衣戴帽，朱元璋令士农工商四民各穿各的衣服，从衣服面料到款式颜色，或衣或裳、或裙或裤、袖口大小，都有严明规定。比如，士人可着广袖，头上束绦带；武士袖口最窄，大小仅能出拳。老百姓也有不听话的时候，但不听话就会有麻烦。明思宗朱由检有一回出宫，窥见居然有布衣百姓穿着皮鞋过市！这还了得？朱由检马上令锦衣卫密捕胆敢穿皮鞋的平头百姓。天高皇帝远的地方，百姓穿衣更不怎么听朝廷的。有个京官回家省亲，见城里读书人穿红着绿，遂套改前人作剥皮诗痛记此事：昨日入城市，归来泪满襟；身着女装者，尽是读书人。读书人的奇装异服，竟令正经官员如此惊骇！清朝皇帝们管百姓衣着也很操心，每年立夏官府会发布换帽告示，敦促老百姓把暖帽换成凉帽；寒露同样要发布换帽告示，敦促老百姓把凉帽换成暖帽。朝廷关心的恐怕并非百姓冷暖，只因看着子民们衣帽整齐划一，皇帝们心里才踏实。普希金时代的俄国，有贵族提议命全国农奴统一制服。因为居然有农奴见了贵族不行礼，贵族们单从衣着上又不能辨认谁是农奴。贵族们不能容忍农奴不讲规矩。但是，这个提议被沙皇否决了。沙皇担心，一旦全国农奴统一制服，农奴们就会知道自己的同胞原来如此之多，他们的势力原来很强大。

数羊、背书、冥想，都没有安神催眠之效，我就常常走神千古之外，或是万里之遥。我有时会把失眠走神的胡乱思绪记录下来，形成并不怎么讲章法的短小篇什。

是为代序。

目录

第二辑　权杖与华表

目录

第一辑

大人们的坏脾气

老爷去庙里喝茶

明人冯梦龙的《古今谭概》里有个段子流布颇广，说的是有位官人游僧舍，茶喝得畅快舒服了，便吟诵唐人诗："因过竹院逢僧话，又得浮生半日闲。"僧人听罢笑了起来。官人问笑什么，僧人说："尊官得半日闲，老僧却忙了三日！"

假如是白衣书生要去庙里坐坐，老僧事先并不需忙。读书人去寺院找僧人闲话，这在古时候是常事。此为平常人的交往，大可不必拘礼。倘若那和尚是俗气的，见了不第寒士还会翻白眼。可去的恰恰是官人，和尚就不敢怠慢了。

官人哪天想去寺院坐坐，自己也许说得轻描淡写："有些日子没上山了，看哪天到庙里喝杯茶去！"这话说出去，够和尚忙上三日的，必是不小的官。底下的人听了这话，便要赶快吩咐下去，鸡飞狗跳地张罗。老爷到底哪天去，却是不敢细问的。衙里案牍劳形，不知道老爷啥时得闲。老爷又是个性情中人，可能哪天说去就去了。纵然是去，需得哪些人陪着呀？平日里老爷喜欢邀来清谈的张举人、陈孝廉、李秀才要不要请上？老爷褒奖过的神童小毛子要不要带着？

时令倒是才过清明，明前茶早预备着的，却不知老爷口味变了没有？老爷上回去谈的是《金刚经》，这回要和尚准备哪门功课？上回有个小沙弥挺机灵，老爷夸过他几句，照例要那个小沙弥侍候。要紧的是不知道老爷到底哪天去，那老和尚、张举人、陈孝廉、李秀才、小毛子、小沙弥都得天天候着。又逢佛祖圣诞近了，寺院香火太旺，老爷却是个爱清寂的人。老爷出门依礼是要坐轿的，可他老人家偏喜欢骑马。那马可是惊过一回，老爷摔得一身泥。这回再有闪失，摔坏了老爷，底下人都吃罪不起。如此如此，不光是和尚得忙三日，衙里管事的也忙成了无头苍蝇。那张举人几个天天换了体面衣服在家等着，说不定哪个时辰衙里传话的人就来了。

老爷去了是要作诗的，张举人他们也得有诗。应早早儿招呼下去，免得到时候诌不出来。神童小毛子上回的诗不错，后来听说是他老子事先作好的。这话不能让老爷知道。这回神童还应有诗，也得先告诉他老子。老爷自己的诗无须操心，必是早早儿就成竹在胸。和尚的经讲得好，茶也泡得好，就是诗作得不好。但他的诗是不可少的，定要他作几句才是。每回和尚的诗都很逗趣，老爷也喜欢在庙里找些乐子。

总之，老爷要去庙里喝茶，上上下下得忙坏一干人。若又碰上个喊冤的，老爷细心问个明白，三言两语断了案子，立马发牌下去拿人，那可就功德无量了。陈孝廉无意宦情，听说在写本闲书，专录地方官绅名士趣闻雅事。倘真遇着老爷佛前断案，必成陈孝廉笔下佳话。纵然没有这等巧事，老爷拜庙访僧，礼贤寒士，亦是善举，陈孝廉定会记下的。老爷常问陈孝廉：阁下佳构何日付梓？陈孝廉听得明白，寻思着怎么也得想些老爷的好故事写进书里去。

冯梦龙实在有些偷懒，老爷在庙里做甚说甚，居然一字未表。只道为着老爷的半日闲，那和尚忙活了三日。和尚哪知道衙里的人和那张举人等，也忙了不知几日。老爷倒是很满意了，回去还得写条札记，把沿路访农家，话桑麻，通通变成白纸黑字。倘若深夜兴会未减，诗囊里还会多几首绝唱。老爷是要刻书的，诗文并事功传将出去，文名政声通通有了。

老爷不会天天坐在衙里，如此这般出门走走，便是去闻民间疾苦。俗话说，铁碑石碑，不如口碑。哪天老爷高升了，张举人等必要牵头，送上一把万民伞。他们会妙笔生花，给老爷起个绰号，叫作某青天。乡里会有童谣，传唱老爷的好。绰号自然是读书人起的，童谣肯定也是读书人编的，但传到皇帝耳朵里，通通是出自黎民之口。皇帝说不定就金口玉牙下去：此乃理学名臣，可为百官表率！

大人们的坏脾气

    张之洞是晚清名臣，且是能干之臣。此属定论。他平常有个坏毛病，不管待客喝茶还是吃饭，他想睡觉就睡觉，说醒了就醒了。古人好附会，都说张之洞这个坏毛病，全因他是猴精托身之故。据说猴的习性便是如此。近人陈恒庆《归里清谭》说，张之洞的父亲曾在蜀地为官，有天夫妻俩上山游玩，夫人想看看这山上的猴子，这只猴子大概很有名。山中和尚却说："那猴子很久不出洞了，不要去看。"张之洞的母亲也许有些撒娇，硬是非看不可。他父亲只得命人把洞中的猴子抬了出来。不承想，猴子面对张之洞的母亲就坐化了。不久，这位母亲就生了张之洞。偏是这儿子名中有个"洞"字，岂不是猴子变的吗？又号"香涛"，岂不是谐了"香桃"的音吗？猴子是喜欢吃桃的。张之洞又号"香岩","岩"也是猴子待的地方。看来，张之洞是猴精变的，确凿无误了。但查查张之洞年表，就知道陈氏记忆有误。张之洞并非降于蜀地，他出生在贵州，时其父亲任贵州兴义知府。

　　张之洞在巡抚任上，有一回学政前来拜访，话没说上几句，他就呼呼大睡了。学政话又不敢说，辞又不敢辞，只好在花厅枯坐。这位学政既是张之洞的下属，又是他的门生，奈何不得。还有一回，张之洞刚到山西赴巡抚任，专门去拜会尚未离去的前任巡抚。前巡抚很讲礼数，鸣炮将张之洞的轿子迎入二堂。轿子停了，人却未见出来。揭开轿帘一看，张大人睡得正香。前巡抚忙命人抬来屏风，严严实实地把张大人的轿子围了起来，任他继续酣睡。前巡抚身着礼服，同张大人的随从一起鹄立于庭。张之洞在轿里足足睡了大半天，醒来之后并无愧疚之意，仍旧笑谈自如。主人及侍从们又饿又困，有苦难言。张之洞这般做派，有人说是居官傲慢，有人说是魏晋风度。我却想问问：张之洞晚年拜相入阁，怎不见他在皇上和慈禧太后面前想睡就睡？

　　封疆大吏，平日所见多为下属，免不了会拿拿架子。咸道年间，某公任两广总督，凡属员跪拜，他都睡在胡床上，爱理不理的样子。有一年，京城某部曹改捐县令，派到广东去任职，得拜见这位总督。有人事先告诉这位新县令，说总督如何傲岸无礼。新县令不信天下有这种官，愿意拿一桌满汉全席赌输赢。不承想入府拜谒，那总督大人真的跷着脚睡在胡床上。新县令愤怒且屈辱，还将输掉满汉全席。此公是条汉子，寻思着定要让总督起身，就说："卑职刚从京都来，有事要呈面大人。"总督大人听了，以为必是皇上有旨，慌忙起身端坐。新县令说："我没什么话说，只是敢问大人在京陛见皇上时，皇上举止如何？"总督听了这话，倒是吓着了。官不管做得如何威风，都是怕皇帝的。

居上者，总难替下面的人着想。苏东坡这般人物，也有遭下面人烦的时候。宋人《道山清话》记载，苏东坡有天夜里读杜牧《阿房宫赋》，朗声诵读好多遍，每每叹息感佩，不觉已到深夜。有两个守夜老兵熬不住了，一人埋怨道："知道那文章有什么好处？这么寒冷的夜，还不肯睡觉！"另一人说："也有两句好的。"那生气的老兵愈加气愤，说："你又知道什么？"那人回答说："我爱他这句：天下之人，不敢言而敢怒。"苏东坡的朋友叔党不巧听见了，第二天实言相告苏东坡。东坡大笑："这条汉子也有鉴识！"这则掌故里，东坡倒是通达可爱，不似那般难侍候的官员，寻机要派人家一个不是，远远地充发了去。

东晋时候有个叫殷洪乔的官人，脾气也来得有些怪。此人曾在湖南做官，又去江西做官。调离江西的时候，很多人托他带书信回京城。他收下人家的信，走到半路却把书信百余封全部投入河中，高声大喊："沉者自沉，浮者自浮，我殷洪乔不能为你们做送信邮差！"魏晋世风颇变态，这种无信无义之事，居然被看作风雅放浪，不拘礼法，受人称道。殷洪乔就因做了这件无聊事，居然被写进《世说新语》，从此名垂千古。但是，殷洪乔真是这么个不懂礼法的人吗？他后来做了京官，有一回晋元帝司马睿喜得皇子，赏赐大臣们。殷洪乔领了赏，满怀感激地谢恩："皇子诞育，普天同庆！臣没有半点功劳，很惭愧得到这么丰厚的赏赐！"司马睿笑道："这种事情，怎么能够让你有功劳呢？"原来，殷洪乔不是不懂礼法，而是懂到了迂腐的地步。奴性到了愚蠢，才说出如此犯忌的话。幸好司马睿有雅量，开句玩笑就过去了，不然殷洪乔的脑袋就得搬家！

君子与圣训

孔夫子郁郁乎文哉，满口君子小人云云。于是漫漫两千多年，国人大多争做君子，或者冒充君子；鄙薄别人为小人，或诬陷别人为小人。一部民族史，似乎便由众多君子和小人纠缠着向前演进。尽管小人从未绝种，君子却一直是这个民族猎猎作响的人文旗帜。千年古国也因为这面旗帜而增添些鲜亮的色彩。试问如果没有孔子，如果孔子不动辄君子小人如何，今天会是怎样一番景象？真的会像朱熹说的那样"天不生仲尼，万古如长夜"吗？

然而仲尼毕竟诞生过了，而且自孔子以降，圣贤们谁都要捻着胡须说一通，就有了许多关于君子或小人的训诫。自古君子们又是最信奉圣贤之言的。比方"君子坦荡荡，小人长戚戚"，那些想当君子的人就去虚怀若谷，襟怀坦白；比方君子"生于忧患而死于安乐"，便引出些想当君子的人去苦其心志，劳其筋骨，先天下之忧而忧，后天下之乐而乐；比方"君子喻于义，小人喻于利"，就有许多愣头愣脑的人去一身正气，两袖清风；比方"君子修道立德，不谓穷困而改节"，又惹得些瘦骨伶仃的读书人去穷且益坚，不坠青云之志。

君子们出尽了风头，终于有些人不自在了。这些人或许官至极品，权倾天下；或许怀才不遇，郁愤满腹；或许落草为寇，打家劫舍。但他们有一点是共通的：都觉得堂堂正正做君子太难受，却又怕被别人指为小人。好在他们都读过几句书，便遍翻圣贤之言，看看有无一字半句是替他们这些不想当君子的人说的。可是圣贤们在世时虽尊不及王侯，贵不及将相，说话却是金口玉牙，为小人撑腰的话居然半个字也没说。他们正发着圣贤的脾气，忽然有个人眼睛一亮，不知在哪本书上读到一句话："量小非君子，无度不丈夫。"此人肯定很有学问，一口咬定那个"度"字应是讹传，原本是"毒"字！于是他们相视而笑，连连称是。"量小非君子，无毒不丈夫"就这么成了圣训。虽然从来没有谁去考证是哪位圣人说的，这句话却被许多做腻了君子的大丈夫遵从着。理一直，气便壮。所以，欺骗更加无情，阴谋更加凶险，杀戮更加血腥。难怪古人发明了一个很有意思的成语：心安理得。凡要做事，先得寻着个理；且不管这理是正是歪，只要让人心安就行。于是，征伐讲究师出有名，万一没有名可以凭空捏造；盗窃讲究盗亦有道，万一没有道可以强词夺理；做小人则要看上去像君子，万一缺乏遮眼术就假托圣人之言，大家心照不宣。

有一种协约，叫君子协定。那是体面的君子们不用在书面上共同签字，只需凭口头承诺而订立的协定。这种协定全赖君子们的高尚人格做担保，当然最靠得住了。可惜世界上最脆弱的协定便是君子协定。撕毁书面协定还得动动手，废弃君子协定只需变化一下口型就成了。朱元璋九五至尊，不可谓不体面，单是个君子之名加在他头上倒还辱没他了。朱元璋的幸臣解缙官居翰林学士，才高八斗，大忠大义，自然是君子。他们君臣之间就有过君子协定。协定是朱元璋提出的："朕与你义为君臣，恩犹父子，朕有什么不周之处，你一定要知无不言，言无不尽才是啊！朕将有则改之，无则加勉！"解缙感念皇恩浩荡，信守君子协定，恭恭敬敬地上了万言书，直言朱元璋政令多变，滥杀无辜；小人趋媚，贤者远避；贪者得升，廉者受刑；吏部无贤否之分，刑部无枉直之判；等等。朱元璋自然不舒服了，一直想发作，却碍着自己倡议的君子协定。终于他读到了《孟子》上的一句话："士诚小人也。"这原是齐人尹士愧言自己是小人的话，却被朱元璋断章取义了。于是解缙就大祸临头了。这话可有两种曲解：一是读书人诚实可靠就是小人；一是读书人确实是小人。不论依哪一说，解缙都是有罪的。据说，偏偏有位更加聪明的读书人正给朱元璋讲《孟子》，把此话解释成："读书人诚实可靠就是小人。"解缙又是读书人，又诚实可靠，就百分之百是小人了。语出《孟子》，亚圣之言，还有错的道理？本来朱元璋是不太喜欢孟子的，因为这老头儿说过"民为贵，社稷次之，君为轻"的混账话。但"士诚小人也"，不管这话怎么悖情悖理，这位皇帝老子还是信了。于是，解缙被罢了官。解缙毕竟才华卓越，在朱元璋之后他又侍奉过两代皇上。但他仍然执迷不悟地做着君子，所以屡被罢官，终于招致牢狱之灾。一日，锦衣卫进呈囚籍，朱棣看到解缙名字，问："缙犹在耶？"锦衣卫会意：皇帝问的是解缙居然还活着？于是，锦衣卫拿酒灌醉解缙，把他埋进雪堆活活冻死了。

不论哪一位皇帝，打天下的也好，坐天下的也好，他们同文臣武将也许都有过各种各样的君子协定。皇帝们一个比一个聪明，他们越到后来越能集历代帝王术之大成；君子们却一直那么傻下去，因为他们一例地效法圣贤之道。所以，朱元璋就比李世民聪明，解缙却比魏徵蠢。君子们多是斯文人，没有"武死战"的福分，就慨然宣言要"文死谏"。一代一代的君子就像飞蛾扑火般义无反顾。

后来，君子早已不君子，小人不怕做小人了。有那么几年，某些腋下夹着公文包的体面人私下传阅着一本书，有时还凑在一起叽里咕噜，神秘兮兮。"真是一本好书啊，人在江湖，不可不读！"原来那是李宗吾先生的《厚黑学》。这就叫人奇怪了！李宗吾先生如果知道自己批判厚黑的著作居然成了人们学习厚黑的百科全书，只怕会气得从棺材里爬起来。《厚黑学》一会儿公开出版，一会儿又被禁了，一会儿再次放开。真是个知识爆炸的时代，一夜之间书摊上便满是什么《商场厚黑学》《交际厚黑学》《情场厚黑学》，好像这世间留一个人不厚黑就不心甘似的。不知厚黑者们还有兴趣玩君子这个古老的游戏吗？如果还有此雅兴的话，那么"量小非君子，无毒不丈夫"便成了很有意思的方程式："无"字后面可视其需要，随意代入"厚""黑""贪""假"等变量。运用之妙，存乎一心。

君子既如此，小人看得明白，便不再脸红，不再胆虚，不再费心思为自己找什么圣训。他们偶尔也看见身边有真正的君子，也许会掩嘴而笑：让他做君子去吧。

盗贼们作奸犯科，从来不去想什么君子小人的大道理。他们常常深夜撬门入室，在劫人钱财的时候，也伏在人家屋梁上顺便看到了许多人间闹剧，自然也看到了君子们黑夜里的做派。他们见识多了，发现天下不少君子同自己原是一类。这群人便欣欣然接受了"梁上君子"的雅称。

曾经东洋观清俗

　　手头有本日本人编写的《清俗纪闻》，此书成于德川时代宽政十一年（1799）。记载的是两百多年前的事了，当时中国为乾隆年间。编者叫中川忠英，为长崎地方长官。我买了这本书，最初感兴趣的是里头的插图，屋舍、衣服、用具、玩物，应有尽有。也画有当时中国官民的生活场景，包括礼仪往来、年节风俗、日常起居。前人是怎么过日子的，我向来有兴趣知道，好看看自己是否生错了年代。又细看前头几篇序言，觉得此书更有意思了。总共有三篇序言，首序作者林衡，官职为大学头，相当于中国的国子监祭酒，也就是国立大学校长。林衡这样的官员，既管人才培养，也管意识形态。此翁的序言开篇就说："我邦之于清国也，壤地不接，洋溟为阻，屹然相峙，不通使聘，各为一区域。则其土风之异，俗尚之殊，何预我耶？然闽浙之民，航海抵崎，贸易交市，以彼不足，资我有余，国家亦不禁焉。"我掏钱买下此书，就因那句"以彼不足，资我有余"，真是太好玩了。乾隆朝为当时世界超级大国，区区东洋的？自大有如夜郎。那会儿中国物阜民丰，而在林衡这种日本官员看来，却是自己饱肚子都很难的穷国家。那么，"闽浙之民航海抵崎，贸易交市"，则是世界上最早的国际主义者。

书中所载当时中国人的生活状态及风土人情，却是可为信史的。据序言介绍，中川忠英派人去清商旅馆询问，翻译人员详细记录和绘图，又经清人确认，方才最后定稿。此书《附言》记载："本书绘图，系遣崎阳画师往清人旅馆据所闻而绘。绘时稍有差错，立即由清人纠正，且由清人图示者亦颇多。经再三问答而始得完全，故读者毋庸置疑。"日本当时的汉语翻译人员叫唐通事，都是在日本生活过三五代的唐人。他们的职业是世袭的，既管官府同清人的往来翻译，又管清人内部的事务处理，同时负有监视清人活动之责任。据日本学者考证，中川忠英在书后的跋中所列唐通事，高尾维贞是明末清初随从朱舜水东渡日本的翻译奕瑞环的后裔，彭城斐是江苏省彭城刘氏子孙，清河璧是江苏省淮安府清河县张氏子孙，平野祐英是最早充任唐通事的山西潞安府冯六的后裔。

单看本书体例，亦可断为信史。这本书的体例颇为独特，全部为唐通事询问清人的笔录。只有清国人回答，没有日本人提问。然而细读回答，也可想见提问，且可循知情态。此书卷一《年中行事》写到京城官员拜贺："元旦，在京之官员身着朝服，项挂朝珠。主人乘坐轿子，以皂隶二人持棍开道，谓之开棍。在京城之内，仆从人员均有定数，并不得有排列执事等。进宫朝拜时，依官位高低，可带领八人或六人随从，留置于午门之外。朝拜之顺序，为文官列于东侧，武官列于西侧。按品级分成一班、二班、三班顺次排列。同声高呼万岁，行三跪九叩首之礼。一班由一品至几品，二班由几品至几品等排列情形不详。"读了这几句，可想象日本人必是问过："如何分班的呢？同品为一班，还是几品至几品为一班？"被询问的清人讲不清楚，只道不详。因为这些清人多为百姓，并不了解宫里的详细情况。写到宫外官员拜贺，情形就清楚多了。"外地官员元旦着朝服，开棍之皂隶、行牌、凉伞、旗等为先导，带领随从多人，前往参拜供奉于各地寺庙中之当今皇帝龙牌。龙牌为木制之肃穆牌位，上写有天子万岁万万岁字样，安放于寺庙主佛之前。无专为此建造之龛阁。"此处必定又是日本人问道："是否为皇帝建造专祠或龛阁？"日本人问外地官员朝拜之顺序排列，清人也说不清楚："因官员品级不同，亦应有排列顺序上之各种差别，但不知详情。"然而寺庙如何接待这些朝贺官员，爱看热闹的百姓弄得很清楚："官员前往参拜时，主持率执事僧人迎送于门前。但按照来人身份，亦有只由执事僧人接待者。"品级较低的官员来了，寺庙主持未必亲自出面招呼。想象每年官员往寺庙朝拜龙牌，必是当地百姓大开眼界的盛事。那几天，寺庙附近肯定万人空巷。当时皇帝出巡虽然仆从如云，却并不动用禁军事先戒严。有年康熙南巡，曾专门下旨恩准沿路百姓围观。外地官员不论巡抚、知府，他们外出更不会害怕老百姓看稀奇。清末有汪精卫等革命党人行刺官员之事，以我之孤陋寡闻，少见此前有百姓于华盖之前当刺客者。中国古代有名的刺客是春秋战国的几个人，如曹沫、专诸、要离、豫让、聂政、荆轲、侯嬴、朱亥。刺客频出，多为乱世。

写到百姓过年的礼数，简直令人神往。书中《家庭贺拜》记载："官员及庶民均于元旦穿着整肃，礼拜天地。庶民亦礼拜天地，系古来之传统，据传为感谢天地之恩。然后，参拜家祠中神主及父母。"新年有试毫，吃素、春酒之俗，颇具浪漫情调。试毫就是新年第一次拿笔写字："元旦试毫，以红纸书写吉祥词句。"祈祷新年好运气。吃素则藏敬畏之意，"元旦吃素食者较多，是因一年之初必须小心谨慎之故"。大食荤腥，必然大动杀机，古人是有畏惧的。吃春酒的礼仪很古雅，"初三前后，开始请吃春酒或新年禧酒，各家互设酒宴邀请亲朋好友。酒宴、菜肴因身份贵贱而有很大差别，并无固定制式菜谱。于酒宴前一天递送请帖。在亲戚同辈间用单帖"。旧时请帖分全帖和单帖，全帖即需折叠的请帖，多见六折制式，用红纸制作，写有贺词及送帖者姓名；单帖即不需折叠的单张红纸请帖，写上吉祥祝福及送帖者姓名。不论全帖、单帖，都得置放于封筒内递送。通常官家往来用全帖，民间往来用单帖。如此慎重邀请宾客，今天只在日本尚存流风余韵。日本人正式请人喝茶，需先拟好欲请宾客名单，再把名单送宾客中最尊者过目酌定，还有很多细琐周到的礼节，叫人顿生虔敬平和之心。

书中记载春节灯夜盛况："正月十三称为上灯，十五称为元宵，十八为落灯，此六天称为灯夜。"这里记载的是当时江浙风俗，跟今天湘西风俗略有不同。我溆浦老家是正月初三夜开始舞龙灯，称之为出灯；十三夜舞龙灯完结，称之为收灯。收灯之夜，需到河边焚烧龙灯，有龙归潭渊之意。此书记载两百年前，"灯夜期间，在市中空地搭台做戏，并于城中大道大户家富家居住之处，以竹竿在两侧房屋之间搭起灯棚，遮以布幔，并用麻绳吊点各式各样彩灯。此外，街上有年轻人舞弄龙灯、马灯、狮子灯……上述多种行灯之中，亦有舞向知音、大户者，此时该户将提供酒肴并赠予银两。各衙门平时禁止庶民随便出入，但在十五日上元之夜则因观赏灯笼放任出入，此谓之放夜，热闹非常"。我现在居住的地方有几年曾是灯会场地，元宵那天老早就开始交通管制。我没有下楼看过灯会，倒是《新闻联播》会闪几下这里的镜头，说某地人民自发举办了盛大的灯会，市民们赏彩灯，猜灯谜，脸上洋溢着幸福的笑容。

我记得小时候在乡下，儿童玩什么也是分时令的，如同农人依着季候种庄稼。大抵是春天放风筝，夏天捉蝉，秋天打陀螺，冬天踩高跷。这几样多是男孩子玩的，女孩子只是跳绳和踢毽子，并无季节之分。也有女孩子想跟着男孩玩的，男孩却不乐意，生气了，就大喊："黏米饭啊糯米饭，伢儿不和女儿乱！"敝乡称"玩"为"乱"，可谓深得玩的精髓。无从考证"乱"是否就是"玩"的方言读音，但"玩"到忘我之境真是去除樊篱。"乱"在我家乡话中还有率性行事之意，"乱"到极致便说"乱搞乱有理"。这是闲话。

此书记载，江浙人正月到三月，儿童以放纸鸢、放风筝、踢毽子为戏。彼时江浙人叫毽子为见踢，鸡毛为羽翎，铜钱为底座。书中插有《见踢风筝》之图，一小孩把风筝放得高高的，两个小孩抬头观看。一妇人抱着幼子，同另一妇人说话。见踢冷落一旁，并没有人踢。一角有假山跟盆景，高低曲折的栏杆。单看这方闲适天地，可见当时江浙之富庶。出自百姓亲口描述，想必不会有粉饰之嫌。

我最喜欢的旧节，应是中秋和重阳。若又依旧俗，则更有雅趣。书中写道："八月十五日相传为月宫诞日，各家于露台设桌，以斗香、月饼及西瓜、梨子、柿等圆形鲜果之类上供。聚齐全家之人，设酒宴共赏明月。""亦有邀请朋友等人举行酒宴者，称之为看月会。"古人还据中秋晴雨推测来年元旦的天气，不知是否可信："据传八月十五日夜如降雨，则次年正月元日为晴天。八月十五日若为晴天，则次年元旦将下雨。又有'云掩中秋月，雨打上元灯'之谚语。"很多民间谚语都是准的，只是一时讲不清道理。古人依循天时过活，冷不防就勘破天机。重阳节就更适合读书人过了，"九月九日为重阳，约会朋友等人携酒食登山，作诗，弄丝竹，终日游玩，是谓之登高。在有菊花的地方，尚有东篱遗风进行赏菊者"。今天的重阳节差不多叫人给忘记了，定此日为老人节似乎更能让年轻人对这个节日漠不关心。

日本人对清人生活的好奇，几乎事无巨细。卷二《居家》，从房屋建造结构、家具样式及陈设、日用器皿，到男女生活细节，一一询问，且都画了图。如记载楼上的文字："为上下楼之便利，设有以木板制造之胡梯。楼上均铺有平滑地板，入口处有一双扇门。也有在地板上铺藤席、毛毯者。房中放有桌子、椅子、杌子等。窗户形状方圆不等，窗扇为左右闭开，亦有做成百叶窗者。设栏杆者，则是在楼前建露台，从地面立柱与楼上相接，以竹子或木板搭成地板状，三面栏杆，上搭架子，覆以布幔以防日晒。但露台多不建内房之楼，而建于书房等楼上，以为夏日乘凉处所。"又如在靠椅和竹椅图画旁边，加有详细的文字说明："靠椅椅架褐色，椅背中镶有淡褐色、蓝色、绿色条板，椅座黄色。竹椅椅架黄褐色斑竹，靠背板绿色，椅座深蓝色。"就连清人清早起床后如何洗脸，都有详尽记录："男女均在洗脸前先卷起袖子，以防弄湿衣服，并注意不向前后溅水。"言行举止都如实录下："吃饭时充分注意，勿弄脏衣服。路上步行时亦须留心勿沾泥土。活动时须脱去上衣，只穿小衣，系紧腰带以便于行动最为重要。""言谈之事应经常缄口静默，不可轻率发言。如有应说之事亦须声气柔和，不可喧哗。说话须真实有据，不可虚诳，亦不得亢傲而轻易谈论他人短长。"

从林衡的序言可知，日本人承认曾经师法中国，但那都是远古的事了："抑夫海西之国，唐虞三代亡论也，降为汉、为唐，其制度文为之隆尚，有所超轶乎万国而四方取则焉。今也，先王礼文冠裳之风悉就扫荡，辫发腥膻之俗已极沦溺，则彼之土风俗尚置之不问可也。"在林衡看来，中国自清人入关，早已斯文扫地，无所可学之处，其风俗本可漠不关心。只是日本人要同中国人做生意，必须对他们有所了解，故而"子信之有斯撰，自有不得已者也"。意思是中川忠英编写这本书，实在是迫不得已。林大官人紧接着就忧心忡忡，痛惜那些达官贵人和纨绔子弟，"一物之巧，寄赏吴舶；一事之奇，拟模清人，而自诩以为雅尚韵事……吁亦可慨矣。窃恐是书一出，或致好奇之癖滋甚，轻佻之弊益长，则大非子信之志也"。不管林衡如何鄙薄清国，书中所绘海西之邻毕竟胜过天堂。林衡再怎么痛心疾首，有钱人仍会学着清人过日子。我今天都艳羡那会儿的江浙人，何况当时的日本人呢？

岂料两百多年之后，竟然轮到中国多产林衡式人物。过去几十年，中国人不敢羡慕日本和欧美，不然就会被中国式林衡骂作崇洋媚外。杜勒斯的预言曾让中国惶恐了几十年，生怕这个美国人用管乐吹垮我们的后代。我想美国人也是听管乐的，他们就不怕把自己也吹垮了？

这本书的中译本是2006年中华书局出版的，只印了四千册。我有一本，算是幸运。

贾府失盗之后

贾母死了，贾府上下都去了铁槛寺，只留惜春、贾芸并几个家人守园子。凤姐正害着病。结果，奴才周瑞的干儿子何三纠集盗贼进园行窃。贾政接报，头一句便问"失单怎么开的"。知道家里还没有向官府开失单，贾政方才放了心："还好，咱们动过家的，若开出好的来反担罪名。"

读着《红楼梦》里这节故事，最耐人寻味的是贾府上下都知道如何报失单是件大事。贾府才被抄过家，再有好东西被偷了，麻烦就大了。因而，不管文武衙门的人如何催促，贾府的家人都推说被偷的是老太太的东西，掌管这些东西的鸳鸯又随老太太去了，只有等回了老爷们才好报去。原来像贾府这等府第，连奴才们都知道要保守主子的财产机密。

贾府有贪墨之罪，似乎是肯定的，不然何以招抄家之祸？但贪墨并不妨碍贾府门庭之荣耀，道德之优越。贾府乃功勋之后，世袭爵禄，往来于王侯，酬对于官宦，言必家国大事，抑或浩荡皇恩。俨然清白世家，仁德诗书相传。那贾政更是庄敬方正，同僚膺服，士子仰慕。贾政作为朝廷高级干部，课子极是严厉，宝玉只需听得老爷叫他，两腿就会打战。这等尊贵门第的男女，正眼不看人的。他们比别人高贵，遇着下人偶有小错，便打他一顿，撵出园子了事。

拿迂阔的眼光看，贾府既是贪墨之家，便没什么好人，有何面目装腔作势呢？古有株连之法，自是过于苛严了些，但如要向贪墨之家开罪，株连还真有些道理。家中有人做官，贪污钱财，自是全家老小都知道的。却不见谁检举自家老子或丈夫、妻子、儿女私吞公帑，索人贿赂，反而是全家窝在一起，心安理得花着肮脏钱，其乐陶陶。倘依这个逻辑，贪墨之家老少都是坏人，居然可以相敬相爱，活得那么自在。相比之下，贾府里那些下人，无非只是上夜时吃个酒，或背后说过主子几句话，屁股便要挨板子，真是冤枉。他们其实比老爷太太们干净得多。

坏人们可以好好地做一家人，这笔账只怕要算在孔子头上？《论语》有载：叶公对孔子说，我们那地方有个人很正直，他父亲偷人家的羊，这个人向官府证明他父亲的确偷了。孔子听了却不以为然，说：我们那地方所谓正直同你说的标准不同，父亲替儿子隐瞒罪过，儿子替父亲隐瞒罪过，这样做才是正直。也许孔圣人的哲学太深奥了？枉直可以颠倒？世人自然听孔子的，而不会听叶公的。中国人未必人人都读过《论语》，却都自觉遵循着孔子的圣训："父为子隐，子为父隐，直在其中矣。"有人说，亲人间不可相互作证，父子相隐包含的朴素法理在现代普世通行；亦有人说，父子相隐，关乎中国人的基本伦理。似乎都有道理。

我真佩服曹雪芹的功夫，他写贾政这位朝廷高级干部，并无半字贬损，甚至还让人觉得溢美，但只一句"失单怎么开的"，"假正"的嘴脸便出来了。

想起了令人敬重的克拉克夫人。20世纪初，德国化学家哈伯因为研究出合成氨和硝酸技术而享誉世界。德国因为拥有这两项技术，一方面粮食大量增产，一方面可以制造出更多的炸药。恰恰因了这两项技术，德国在第一次世界大战中更加穷凶极恶，为欧洲人民增添了苦难。哈伯得到德皇的赞赏，便又研究出了毒气弹氯气罐，直接替战争效力。哈伯的妻子克拉克夫人因为丈夫的罪过而陷入深深的痛苦，极力劝阻他放弃不人道的研究。但哈伯不听，又去研究新的毒气芥子气。克拉克夫人终于在1915年自杀了，想用自己的死来唤起哈伯的良知。哈伯依然我行我素，还是研究出了芥子气。克拉克夫人的高贵灵魂永远不会原谅哈伯，尽管他后来在1918年获得了诺贝尔化学奖。

如果贾政是哈伯，王夫人是克拉克夫人，王夫人是不会自杀的。她会一边吃斋念佛，一边替丈夫骄傲：毕竟是获了诺贝尔化学奖啊！

戒石云云

　　古代县衙里都立有所谓戒石，上勒四句圣谕："尔俸尔禄，民膏民脂。下民易虐，上天难欺。"戒石立在大堂之外仪门之内，县令升座办案，抬眼就可望见。据考证，戒石源起商周，起先是刻于官员几案之上的"座右铭"，迄今已有两千多年的历史。有清以前，不管朝代如何更替，县衙门里的戒石总是有的，不同的只是上头的圣谕或有个别字词之易。但戒石屹立千秋，冤案何止千万！晚清余杭县衙里头肯定也有这么一块戒石，但这并没有阻止县令刘锡彤罗织杨乃武与小白菜的冤狱。杨乃武总算捡回一条性命，只因他是举人，冤案引起天下读书人的愤慨，终于闹得慈禧太后都知道了。此桩公案世人皆知，自不必细说。

　　依照清代制度，朝廷明令京官到地方去，或上司到下面去，地方官员或下级不得宴请、馈赠。也就是说，不论多大的官，出差费用自理，不得给下面添麻烦。但实际上完全是两回事。地方官员费时费钱最多的就是接待过往官员，包括依礼恭迎、安排住宿、酒席款待、看戏冶游、馈赠盘缠、送客上马登舟。清朝京官如果只拿俸禄就会很穷，放外任或者出京办差正是他们捞钱的好机会。倘若都按朝廷的规矩办，京官只有穷死。明令官员不准到下面捞钱，而到下面捞钱恰恰是官员发财的正途。

地方官和下级不光日常接待得花钱，还得对京官和上级有长年孝敬。曹雪芹的祖父曹寅曾经给康熙皇帝上折子说："察访两淮浮费甚多……其名目开列于后：一、院费，盐差衙门旧例有寿礼、灯节、代笔、后司、家人等各项浮费，共八万六千一百两。二、省费，系江苏督抚司道各衙门规礼，共三万四千五百两。三、司费，系运道衙门陋规，共二万四千六百两。四、杂费，系两淮杂用交际，除阿山条奏'别敬'、'过往士夫'两款外，尚有六万二千五百两。以上四款，皆出匣费，派之众商，朝廷正项钱粮未完，此费先已入己。"有意思的是康熙在第二项之后朱批："此一款去不得，必深得罪于督抚，银数无多，何苦积害。"原来皇帝老子对此都是睁一只眼闭一只眼的。再看曹寅所列第四项，所谓"除阿山条奏'别敬'、过往士夫两款外"，意思就是说这两项也是理该要的。"过往士夫"就是上面讲到的接待费用，"别敬"是指京官被皇帝放了外任，临别之前要给有关京官送银子，托他们日后好好关照，为的是朝中有人好做官。这两项钱，也是皇帝默许的。

官场遵守的是"海洋法则"：大鱼吃小鱼，小鱼吃虾米，虾米扒沙子。底层的官员就只有鱼肉百姓、盘剥更下级的皂吏了。县衙那块戒石原有两面，朝里的是前头说到的四句圣谕，是给县令看的；朝外的是"公生明"三字，是给百姓看的。百姓进门就看见这堂皇三字，再往大堂上一跪，看到的是"明镜高悬"或"清慎勤"的牌匾。这又往往是哄人的。曾有县令快过生日了，十分廉洁地出了告示：某日就是本老爷的生日，任何人都不得送礼！这种官话，更是信不得了。

素材与灵感

我不是个做学问的人，读书仅为写作，真是惭愧。近日便读《清史稿》《清史编年》之类，想从史书中寻得蛛丝马迹，看能否变出几个文学形象来。毕竟手头正做的活计同历史有关，我不想弄得完全空穴来风。不承想，还真有些意思。

比方，有个叫佛伦的人，就让我很感兴趣。史载：康熙二十九年六月十六日，山东巡抚佛伦疏言，该省累民之事，首在赋役不均，凡绅衿贡监户下均免杂役，富豪之家田连阡陌而不出差徭，以致全由百姓负担。请以后绅衿等与民人一样，按田亩赋役照例当差，不免役。有旨准其所请，并命其他各省督抚确议具奏。

我想这位佛伦真是位替民做主的好官，不妨记下他的名字，看他是否还有其他善举。倘若更有作为，便可树为清官形象。

可是再看此人后面的疏报，我就皱眉头了。"康熙二十九年九月初六日，从山东巡抚佛伦疏奏，该省今年正赋豁免，秋成丰收，绅衿人民愿于每亩收获一石者捐出三合，以备积贮，计全省可得二十五万余石。"

我想象不出佛伦是如何知道丰收了的老百姓愿意捐粮给官府的，而且老百姓意见很统一，每亩收获一石者都肯捐出三合。那时候又没有电话，官员下乡也没有汽车坐，怎么就把全省老百姓的爱国热忱摸得那么准确？我想，佛伦此举大为可疑。

再往下看，佛伦已擢升川陕总督。"康熙三十二年七月十一日，川陕总督佛伦疏报，陕西麦豆丰收，秋禾茂盛，流民回籍者已二十余万。"因为前面已对佛伦质疑了，此处又见他报喜，感觉总不是味道。再回头看看，原来康熙三十年陕西大旱，官府赈济不力，且隐情谎报，总督和巡抚都被革了职。我没法查阅当年的气象资料，不知道康熙三十二年陕西是否就风调雨顺了。但是按照古今惯行的官场逻辑，既然前任没有把事情干好，上面重新任用能人，工作就应有新的起色才是。如此推断，佛伦走马上任，陕西即获丰收，应在情理之中。只是不知道陕西丰收了，老百姓是否又踊跃向国家捐献余粮？"受灾自有朝廷关怀，丰收不忘朝廷困难"，也在情理之中。

不过，这回佛伦的主意变了。"康熙三十二年七月二十三日，从川陕总督佛伦疏请，动用正项钱银，贱价收买本年秋粮三十万石，以备西安旗标兵明岁一年军需。"贱价收购余粮，百姓是否自愿，我没能力考证，只好悬想而已。而从事收购勾当的人，大可从中渔利，似乎是肯定的。这并非我的官场成见作怪，《清史编年》中有类似案例记载。

又，"康熙三十三年正月二十七日，川陕总督佛伦疏言，奉旨查阅三边，墙垣历年久远，坍坏已多，请于每年渐次修补"。修建军事工程，投资自是不小，油水旺得很啊！好在康熙脑子还算清白，他对修长城并不热心。康熙说自秦始皇以来，长城历代整修不迭，却从未有御敌之功，贵在人民团结，众志成城。

阅读到这些材料，佛伦在我眼里就大打折扣了。我怕自己犯胡乱臆想的毛病，便去查看《佛伦列传》。一看，方知此人的确不是什么好鸟。有个叫郭琇的人曾经参劾佛伦为明珠朋党，佛伦因此获罪罢官。佛伦复出后，到了山东巡抚任上，便挟私报复，参劾郭琇做吴江县令时私吞公帑，而且说郭父乃明朝御史黄宗昌家奴。拿今天的话说，郭琇既是现行贪污犯，又是历史反革命。多年之后，郭琇得到机会觐见康熙，替父亲申冤。当面对质，佛伦不得不承认当年指控不实。康熙震怒，欲罢他的官，最终还是赦免他了。也许因为他毕竟是正白旗官员吧。

有了这些材料，佛伦该是个什么样的文学形象，我心里有谱了。

袁世凯的稻草龙椅

袁世凯是颇有些新派姿态的。他提倡新闻自由，他的儿子便办了张报纸，只发行一份，供袁大总统独个儿阅读。他不搞个人崇拜，允许把自己的图像铸在钱币上，老百姓谁都可以在他的头上摸来摸去；哪怕是后来禁不住天下人劝进，奉天承运做了洪宪皇帝，他也要把龙椅改革改革。人类已进入20世纪，太和殿里那张坐过明清两代皇帝的雕龙鎏金大龙椅，实在不合时宜了。西学东渐，科学昌明，国际交流远胜往昔，天下万物生机勃勃。洪宪皇帝的龙椅，也得同国际接轨，才不会被西方人耻笑。于是，袁大总统摇身变成洪宪皇帝时，登基坐的龙椅，就是张中西合璧的沙发。但毕竟不是纯正的西式沙发，它是金銮宝座。高高的靠背上，有个大大的帝国国徽。最值得说说的就是这个国徽了：圆形，径约两尺，白色缎面做底，上面用彩色丝线绣了古代十二章图案。

沙发欲柔软舒适，里面要么用弹簧，要么须有填充物，或许还有更高级的技术。袁世凯坐着那龙椅是否舒服自在，别人不知道。那龙椅虽然有些非驴非马，但在当时朝贺的洪宪大臣们眼中，实在是威武无比的。谁又料想这张龙椅只有八十三天的寿命呢？最叫人们料想不到的是天长日久之后，洪宪帝国国徽上的白色缎面渐渐断裂，里面露出的填充物竟然是稻草！有位供职故宫博物院数十年的老专家在著作里写到了这则掌故，应该不是讹传。

故宫博物院为了修复那张雕龙髹金大龙椅，耗时近千个工日，可见龙椅制作技术之精、工序之繁。谁有这么大的胆子，敢往洪宪皇帝的龙椅里塞稻草呢？如果把那人想象成预言家或革命家，知道袁世凯倒行逆施，日子长不了，只怕也抬举了。真是这样的好汉，他就早如蔡锷揭竿而起护法去了，绝对到不了袁世凯麾下的。督造龙椅又是天大的事情，非几个工匠就能成事，必有相当于内务府总管以上的官员天天盯着。但督造龙椅的官员，不论官阶高低，谁敢如此胆大包天？或许某个工匠是位觉悟很高的劳动人民，看透了封建社会的腐朽，便背着督造官员，故意把稻草塞进袁世凯的龙椅里。不过这种想象，只可能在三十年前的革命小说里出现，显然是天真可笑的。

那么，只有一种可能：官场上弄得无比正经的事情，其实大家心里都明白那是儿戏。官场中人谙熟此道，再大的荒唐都会出现。当年追随袁世凯的人，很多都是久历宦海的官场混混，从晚清混到民国，又想把民国变成洪宪帝国。他们最能从庄严肃穆的官场把戏中看出幽默、笑话、无聊、虚假、游戏等等，因而就学会了整套欺上瞒下的好手艺。既然大家都知道官场门径多为游戏，为什么还玩得那么认真呢？又不是黄口顽童！原来大家都明白，皇帝虽然喜欢杀人，但只要哄得他老人家高兴，赏赐也是丰厚的。管他游戏不游戏，玩吧！玩得转了，不论赏下个什么官儿做做，便可锦衣玉食，富贵千秋。

替袁世凯造龙椅的人早算计过了：要等到这龙椅露出稻草来，须得百年工夫。有着这百年时光，他们想做的什么事情早都做成了。督造龙椅的官员，早已福荫三代，赐公封侯了。那些抡斧拉锯的工匠，倘若运气不错，也早已由奴才变成主子，他们的后人只怕也做上总督或巡抚了。这个时候，如果稻草露出来了，混得有头有脸的后人，大可替显祖辩白。总得有个人抵罪，倒霉的大概是某位混得最不好的后人。也不一定真会出事，皇帝表示宽厚仁德也是常有的。如果后来真有袁二世或袁三世，他兴许会说：这都是猴年马月的事了，朕不予追究。只是各位臣工往后要仔细当差，否则朕决不轻饶！

倘若袁世凯当时就知道自己坐着稻草龙椅呢？我想他也不会龙颜大怒，只把这口气往肚里吞了算啦！宰相肚里尚且撑得船哩，何况人家是皇帝！袁世凯心里很清楚，如果离开身边这帮成天哄骗他的人，他是连稻草龙椅都坐不成的，他得坐冷板凳！

第二辑

权杖与华表

杂书谈

写小说的若能皓首穷经，做点学问，自然是好；倘若资质不及，或顾及不上，亦应书不厌杂。陶渊明说五柳先生"好读书，不求甚解"，有所会意最是要紧。读书越是驳杂，于写小说越有好处。

常见古装影视剧里文武官员上朝，为某事在皇上面前争执，甚至有恶语相向者。读《清史稿》及相关杂书种种，便知这种场面全是胡诌。只说有清一代，百官上朝笼袖拱手而进，不得左顾右盼，不得抓耳挠腮，不得窃窃私语。各官按品级逐一出班奏事，奏毕退下站回原处。朝上专设纠仪官若干，执长鞭立于班后。上朝官员稍有仪态举止不整肃者，即行拖出，轻者鞭笞，重者查办。影视剧里，朝堂上往往混乱一片，极是可笑。

历史上诸多真实细节，正经史书上未必得见。我曾于杂书上读到，康熙皇帝极赏识南书房张英、陈廷敬、高士奇几个人，于成龙却奏请将他们放外任。康熙大怒，站在乾清门外叫骂：朕身边就这几个用得着的人，你们就惦记着，硬要把他们弄出去！这样的文章，你们做得来吗？皇帝身边的近侍宠臣，嘴上自是感激不尽，内心却未必真的称心。做京官清苦，且伴君如伴虎。做个总督、巡抚之类的方面大员何等风光，比待在皇帝身边舒服实在得多。

清代沈起凤有笔记小说《谐铎》，其中有篇《泄气生员》，读来令人喷饭。西安临潼有个生员叫夏器通，心性鲁钝，文章总为士林笑柄。有年乡试，一京官奉命去西安做学政。此公离京之际，拜访他的恩师，一位西安籍尚书，想看他有无熟人需要关照。谈话之间，尚书想放屁了，移了一下屁股，身子朝学政侧了过去。学政以为尚书有所嘱，忙问师座有何吩咐。尚书说："无他，下气通耳！"意思是说，没什么，放了个屁。学政却以为有个夏姓生员必是尚书需照应之人，便暗自谨记在心。他到了西安，果然见有个生员叫夏器通，心想这必是恩公尚书暗示过的人。可考试之后，见夏生文章"词理纰缪，真堪捧腹"，但师座嘱托在耳，学政便强加评点，圈定夏生文冠第一。士林哗然，却又百思不解。因学政是翰林出身，看文章不会走眼；夏生又是贫寒之士，绝无关节可通。学政办完差事入京，回复尚书："事妥矣。"尚书闻之茫然，低头想了半天，忽然大笑起来："君误矣！是日下气偶泄，故作是言。仆何尝有所嘱也！"想那夏生只因尚书偶放一屁而得功名，运气实在是太好了。但细细思量，又并不是夏生运气好，而是尚书放屁都是管用的。

我在《大清相国》里写过康熙名臣高士奇，嘴脸不是太好。史载高士奇写得一手好字，学问不精却是杂家，既能诗书，又会玩古，颇有急智。因得明珠举荐，方才供奉内廷，行走南书房。据说他曾把假古董献给皇上，真是胆大包天。康熙皇帝极为欣赏高士奇，出行必令扈从。高士奇曾写诗说自己："身随翡翠丛中列，队入鹅黄者里行。"鹅黄，指的是皇帝身边的黄马褂。可见高士奇何等得意。我对高士奇的印象，来自清人昭梿的《啸亭杂录》。此书记载，有一回康熙皇帝出猎，御马后腿老是乱踢，弄得龙颜不悦。高士奇知道了，马上故意滚得一身泥，跑到皇帝身边去侍候。

皇帝问他为什么这个样子，高士奇说自己刚从马上摔下来，衣服来不及洗干净。皇帝大笑起来，说："你是南方人，体格懦弱。刚才朕的马老是乱踢，朕都没有坠马。"皇帝见着高士奇的狼狈样子，便觉得自己异常英武，顿时就高兴了。还有一回，康熙登镇江之金山，欲要题字却胸中无词，提笔犹豫了很久。高士奇忙写了"江天一览"四字在掌心，凑到皇帝身边假装磨墨，故意稍稍露出手心的字。皇帝会意，欣然命笔。杭州灵隐寺，又名云林寺，据说亦同高士奇有关。相传康熙南巡时到了灵隐寺，僧人们请皇帝题写寺名。繁体"灵"字是"雨"字下面并排三个"口"，下面再是一个"巫"字。康熙起笔把"雨"字头写大了，下面无法落墨。正尴尬间，高士奇又是在手心写了"云林神寺"四字，凑到皇帝身边去。康熙欣然准了，给灵隐寺赐了新名。人有高士奇的拍马功夫，何愁不飞黄腾达？

清人朱翊清的《埋忧集》中有则故事叫《捐官》，讲一个布贩子捐官的遭遇。清代捐官本是合法买卖，但此人太不通窍。这个布贩子姓赵，花钱捐了个通判。依制须得引见，皇上问他做什么出身，为什么要捐官。赵某不会讲官场套话，直说了：我私下以为做官比卖布生意更好些。皇上大怒，革了他的职。赵某还不服气，跑到吏部大闹，说：既然夺了我的官，就该把银钱退还给我！吏部尚书哪里肯依，罚下去掌嘴五十，抽了一百鞭子，赶出吏部衙门。赵某倘若明事理些，说些报效皇上之类的话，他的通判必定就做稳了，捐官的花销自可连本带息捞回。

宋人沈括的《梦溪笔谈》虽被称为科学著作，但所载诸事今人看来有的只是常识，有的未免荒谬。比方，书中说东阿阿胶之所以好，全因济水多从地底下流，此水有往下走的特性，故而比别处的水清且重。人喝了用济水煮的胶，就能下膈、疏痰、止吐。这自是想当然。但书中记述了很多趣闻，读来颇有意思。《故事一》卷记载，宋太宗赵光义曾到学士院正厅坐过，从此以后只有每月初一众学士才能到这个正厅去坐坐，平日谁也不敢独自去坐。每月初一众学士去正厅，也是集体朝拜圣迹，感念皇上恩典。又有一回，赵光义夜间驾临学士房，当值学士苏易简已经睡下，急忙爬起来接驾。因无灯烛照明整理衣冠，皇帝的随侍宫女便把烛火从窗框伸进，窗格上留下了烧灼之痕。一百多年后，沈括记录此事时，学士们仍不愿意换掉那扇烧焦的窗格，要留作圣迹永世瞻仰。可见皇帝们的被神化，都是读书人自己干的事。假使古今之人都像这班学士，百姓们早已无立锥之地。譬如康熙、乾隆最喜出巡，凡皇帝到过的地方都得开作纪念馆，天下黎民只怕要往地底下钻了。

《故事一》中还有一则掌故，说的是学士院第三厅前有一巨槐，所以此厅被叫作槐厅。据说在槐厅里办过公的学士，好几位都做了宰相，这里无疑风水很好。于是，学士们都争着要在槐厅里办公。有人刚从槐厅提拔走，马上就有人抢着进去；更有不讲理的，把先搬进去的人的行李扔出来，为争槐厅而相互扭打亦不少见。沈括说他做学士时，亲眼见过这等闹剧。据说如今有人越做大官，越是迷信。有些地方机关大门选朝向，必听风水先生指点；门前种什么树，造什么景，亦是江湖术士说了算数；有的官员履新选日子，也要请高人算上一卦。曾见报道，有位官员选秘书、配司机，都要看他们同自己命相是否犯冲。可机关算到这等地步，到底还是有许多人翻了船。

《梦溪笔谈》所涉极是庞杂，官制、仪礼、地理、医药、天文、器用等等，不一而足。举其有关地理一则，说到凡河流以"漳"命名者，必定是河水清浊相汇。比方，当阳、灞上、鄚郡、漳州、亳州、安州等地都有以"漳"命名的河流。"漳"与"章"近义，"章"有花纹的意思，故而水流清浊相混为漳。沈括做了大量推敲之后，话锋一转却讲起了君臣之道。由"漳"谈到了"璋"。"璋"像"漳"字，里面也有个"章"字，而"璋"为皇帝左右大臣所持。《诗经》说："济济辟王，左右趣之。济济辟王，左右奉璋。"璋是圭的一半，二璋合一便是圭。所以，大臣们手持玉璋，便是联合一心，供奉君王的意思。科学谈到最后，就是讲朝廷了。沈括著此书时虽已归田，但他毕竟曾为朝廷高官，论事免不了庙堂之思。

读《梦溪笔谈》，有"封驳"二字让我印象极深。宋时设有银台司，其管辖的门下省，有项重要职责，就是封驳。所谓封驳，就是把皇上不适宜的诏令封还，把大臣有错误的奏章驳回。依民间戏台上的说法，皇上可是金口玉牙，怎么可以把皇上的诏书打回去呢？其实宋代皇上虽乾纲独断，亦有受钳制之规。我却听一位基层干部讲过一件真事，同古制大异其趣。曾有一位首长到县里视察，白衣白裤白皮鞋，双手插在裤口袋，身子一摇一晃的。视察工厂，基层干部才汇报几句，首长就摇头说：不行不行，这比德国西门子差远了。视察养鸡场，基层干部才汇报几句，首长又大摇其头说：不行不行，这比我在日本看的那个养鸡场差远了。基层干部汇报稻田养鱼，首长问：你们全县多少稻田？基层干部汇报：早稻九十八万多亩，晚稻一百一十多万亩。首长马上批评：早稻为什么差十多万亩？你们工作没做好嘛！基层干部知道首长对农业全无概念，只得如实汇报：那十多万亩是晚稻秧田。首长又问：稻田养鱼有什么好处？基层干部汇报：可多一项收入。首长听了高兴：那很好嘛！你们县里有多少稻田养鱼？基层干部回道：十万多亩。首长马上批评：不行不行，你们起码要搞到九十万亩。基层干部见首长很不高兴了，只好答应认真做好稻田养鱼。这位早已退休的基层干部对人苦笑说：他懂个屁，哪有那么多水可供稻田养鱼！保证十多万亩就很不错了。碰到这般首长，基层干部还敢"封驳"吗？

《世说新语》里写一个叫阮遥集的人格外喜欢木屐。一天深夜，有人去拜访他，见他亲自吹烛化蜡制作木屐，自言自语感叹说："不知道我这辈子能穿几双木屐？"阮氏虽好木屐，到底是自己制作，最多安他个"恋屐癖"。记得几年前北方一官员贪案事发，媒体报道过此人一个好笑的故事。他曾受人天价劳力士表，却不敢公然戴出来。正是俗话说的，偷来的锣鼓敲不得。但他实在喜欢那块手表，只得每夜睡前躺在床头把玩，眼巴巴望着上面的钻石闪闪发光。听说也有"恋钞癖"，家里放着很多现金，没事就拿出来数数。家乡有个小女孩在外地做保姆，没做多久就从那户人家逃出来了。她说到自己的见闻，像个传奇故事。那家主人有栋大别墅，她进门之后就不准出门，天天被反锁在院子里。一切用度都是女主人自己带回来，小保姆只管在院子里做饭、洗衣、打扫卫生。她之所以跑了，只因那栋屋子里放着许多钱。桌子上、沙发上、床头柜上，随处都是成捆的百元大钞，她看得心跳。她跑回家之后，仍说不清自己曾在哪里做事，也不知道主家是官是商。不管怎样，那家主人该是"恋钞癖"患者。曾见报道，说北方某落马官员亦有"恋钞癖"。某夜，他同情妇把刚收到的现钞放入纸箱，整整齐齐码好之后，缺了一小角才满箱。望着那空缺的一角，这位官员心里怎么也不自在，马上打电话给一个老板，要他立刻送五万块钱来。有钱的老板也不是天天家里放着数万现金的，这位老板只得四处打电话，万难才凑上五万块钱送上门去。这位官员望见空着的纸箱一角填满了，心里才舒服。今人若想编《世说新语》那样的书，故事很丰富。

明人冯梦龙的《古今谭概》记有一事，说的是明世宗时通州边事紧急，皇帝怒而杀掉兵部尚书丁汝夔。官员们感叹说："仕途如此险恶，做官还有什么意思？"有人却笑道："如果兵部尚书一日杀一个，那就不要做了；如果一个月杀一个，还是要做的。"做官为何有这么大的诱惑力呢？拿阿Q的话来回答最为干脆：要什么有什么，喜欢谁就是谁。清人郝懿行所编《宋琐语》录了《宋书》里的一个故事，说南朝郡公刘邕嗜食疮痂，觉其味似鳆鱼。他的封地南康国小吏两百多人不论罪否，都甘愿相互鞭打，使身上结满疮痂，供刘邕食用。刘邕倘不做官，喽啰们岂肯自忍鞭痛而饱他口福？国人好官，古今同例。曾有报载，某地几个煤炭老板家资巨富，却仍要弄一顶县长助理的帽子戴着。更有民营企业家假造干部履历，据说并不怎么贪污腐败，只是花钱买官，直做到级别很高的官员。可见在不少人眼里，钱再多都不如做官过瘾。

我很爱苏东坡性情，他一生坎坷而放达不羁。明人曹臣的《舌华录》记有东坡许多趣事，他"一肚皮不合时宜"的掌故流传甚广。一日东坡退朝，饭后拍着肚皮问侍儿："你们说这里头装着什么？"有婢女说："都是文章。"有婢女说："满腹都是机械。"东坡都不以为然。爱姜朝云却说："学士一肚皮不合时宜。"东坡这才捧腹大笑。知东坡者，朝云也。苏东坡少年得志，但其后半生颠沛流离，都因"一肚皮不合时宜"。东坡性不能忍，遇不平不快之事，"如食中有蝇，吐之乃已"。苏东坡同王安石政见不合，始终不肯屈迎。王安石公余曾治小学，颇有不通之处。有一日，东坡故意问王安石"坡"是什么意思，王安石说："坡者土之皮。"东坡反问道："然则滑者水之骨乎？"王安石无言以对。虽似笑谈，暗藏机锋。一日东坡会客时行酒令，一人说："孟尝门下三千客，大有同人。"一人说："光祖兵渡滹沱河，既济未济。"一人说："刘宽婢羹污朝衣，家人小过。"东坡却说："牛僧孺父子犯事，大畜小畜。"牛僧孺为唐朝宰相，史载是个清官。王安石正是当时宰相，东坡借牛姓骂王氏父子。这则故事，倒让东坡失了厚道。不过文人戏言，大可一笑了之。东坡在朝廷叫权贵们容不下，自请外放任杭州通判。他到了地方上，官绅仰其才望，朝夕聚首。东坡不胜杯酌，疲于应付，直把杭州看作酒肉地狱。可见官场应酬自古如此。然做官受人爱戴是苦，受人冷遇更是苦。东坡之后有个袁姓官员也来做通判，却没有人请吃请喝，他便在亲信面前自嘲："都说杭州是酒肉地狱，现在这地狱里没人了。"如今便有戏言，官场中人日日饭局自是烦恼，但隔上三日没有饭局便会发慌。倒也不是嘴馋而慌，慌的是位将不保，或人已失势。

　　陈眉公应该是最早开工作室的中国文人，据传他雇请许多文墨匠人写清言短章，都以陈氏之名刻行于世。陈氏钓得大名，且沾得厚利。读他的书，便觉这个古时的上海人太过精明，通达世故却流于油滑。他曾说过："士人当使王公闻名多而识面少，宁使王公讶其不来，毋使王公厌其不去。"看似告诫读书人恪守气节，不求闻达于诸侯；但他骨子里看重的仍是王公如何见待，此番言论太存机心而似伪。用今天的话说，只是为了作秀，故意端一端，装一装。有人就讽刺他"妆点山林大架子，附庸风雅小名家"，"翩然一只云间鹤，飞去飞来宰相衙"。陈眉公名目之下的那些性灵清言，颇似今天有些人的小散文或心灵鸡汤，看似锦绣格言，实则矫揉造作。比方他的《小窗幽记》中有段话说："香令人幽，酒令人远，石令人隽，琴令人寂，茶令人爽，竹令人冷，月令人孤，棋令人闲，杖令人轻，水令人空，雪令人旷，剑令人悲，蒲团令人枯，美人令人怜，僧令人淡，花令人韵，金石鼎彝令人古。"这段文字大有凑合堆砌之病，却最适合假作风雅之辈请人写了挂在墙上。陈眉公虽颇为后世诟病，但说他全无是处也不公允，他于人情世故还是很练达的。比如他说："有人闻人善则疑之，闻人恶则信之，此满腔杀机也。"后一句未必在理，前两句却把世道人心说透了。看来，宁信恶而不信善，是老祖宗那里就害起的病，远远还断不了根。

天子见农夫

俗话说：人往高处走，水往低处流。但是，水到最低处，流向大海就成了海水，失掉了水的真味。人到最高处，倘在古代就是人主，缺少了人的真性。所谓人生如戏，多指往高处走的人。人越是位高权重，越活得不像本真的人。演戏是常事，背叛和被背叛也是常事。王维写诗说"白首相知犹按剑"，大抵是指权力场上所谓的朋友。平头百姓不必如此，自可笑骂由己，快意恩仇。古人又说"仗义每从屠狗辈"，指的便是身在低贱处的老百姓。

但是，平头百姓到了权力场中，有时也是要被迫演戏的。民国时期徐珂的《清稗类钞》中载一趣事，说的是乾隆皇帝弘历出巡到山东，想体察民间疾苦，召一个农夫到御舟上，询问农事丰歉，地方官好与不好。农夫的回答很让皇帝满意。弘历高兴起来，就恩准农夫同扈从各大臣一一谈话，并可询问大臣们姓甚名谁。因为农夫是奉了圣旨的，群臣不敢怠慢农夫，不敢不报上实姓实名。很多大臣又怕农夫在皇帝面前讲坏话，居然战战兢兢，大失常态。农夫遍观诸臣之后，回奏皇上："满朝皆忠臣！"皇帝问他怎么知道都是忠臣，农夫奏答："我看见演戏的时候，曹操、秦桧的脸上都涂着雪白的粉。今天见那些大臣没有一个脸上涂了白粉，所以知道他们都是忠臣！"皇帝听了大笑。

野史所载，未必可信。但空穴来风，必有因由。我相信徐珂讲的最多有些艺术夸张，不会离谱到哪里去。倘按写小说的路数去虚构，情节大致如下：

山东巡抚知道皇帝要来，必事先嘱咐各知府、知州、知县，诸事细细安排。河漕要疏浚清淤，官道要满铺黄沙，行宫要修葺一新。这些都是必须做的，不用动太多脑筋，征些银子即可办妥。你让皇上看些什么，听些什么，这才是最要紧的。也难不倒下面。官场中人都知道侍候皇帝的秘诀，千百年都没有变过，就是一个字：哄。皇帝是越哄越高兴的，就怕没人在下面哄他。弘历越到年老，越是自比尧舜，号十全老人。这就更好办了，越是自大的皇帝，越容易哄得开心。

官员要想显得自己的好，最好是借别人的嘴巴说。山东巡抚自己向皇帝奏报，谷麦如何丰收，百姓如何安宁，官员如何清廉，终究不是个法子。再说了，皇帝想知道天下太平，政通人和，只听地方官员去说，也不是个法子。于是，君臣就达成默契，让农夫来说。巡抚摸准了皇帝的脾性，猜准了皇帝会召见农夫。哪怕皇帝没想着召见农夫，巡抚也有办法让皇帝想起来。这些都不必多虑，要紧的是调教出一个好农夫。拿去见皇帝的农夫，并不是太好调教的。农夫自小懂得的规矩是见了绅士要行礼，见了官员要下跪。只是没人教他见了皇帝该怎么办，他做梦也没想到这辈子会见到皇帝。巡抚便想，毕竟农夫没见过世面，万一事先调教得好好的，见了皇帝却屁滚尿流，弄得龙颜不悦就坏事了。可见，真找个农夫，只怕是不行的。

不如找个识文断字的乡绅去演农夫。乡绅知农事，通民情，能应答，比真农夫好去万倍。清朝很重视教化，各地建有圣谕讲堂，每月都由地方官召集官绅宣讲圣谕。康熙时是宣讲《圣谕十六条》，雍正时是宣讲《圣谕广训》，乾隆时又是宣讲《圣谕十六条》。弘历要是问起宣讲圣谕之事，真农夫肯定答不上来。一个乡绅，总算是个文化人，可以调教得对答如流。假的比真的管用，这也是旧官场的路数。但是，巡抚仍有疑虑。乡绅正因读过几句书，心思就难得很纯良。万一乡绅自己想出风头怎么办？万一他在皇帝面前说了真话怎么办？说不定读过书的乡绅就想当官，可他下过多次场子仍是布衣，如今到了皇帝面前难保不投机取巧。假如他博得皇帝开心了，就赏了一个官做。官帽子原本是皇帝家的，给谁不给谁都是皇帝自家的事。可是，坏了下面的规矩。谁都寻思着径自讨皇帝欢心去，巡抚们该怎么办呢？说不定哪天就把巡抚卖了！可见，找个乡绅演农夫，只怕也是不行的。

不如找个下面的小官员演农夫。小官员肯定是读过书的，民情舆情，圣谕律例，都是知晓的。农夫和乡绅巡抚未必拿得住，小官员却是捏在巡抚手里的。官员年年都有考成，小心巡抚批你个不称职守。小官员难免有些见不得人的事，巡抚要是参上一本够你消受的。倘若你把农夫演好了，哄得皇帝高兴了，巡抚自会记你的功。小官想做成大官，巡抚的保举很管用。官员演戏演惯了的，演个农夫当不在话下。官员比农夫和乡绅更懂事，知道皇帝其实也是演戏的。越是盛世皇帝，越是天天演戏。但是，下面得有会演戏的，方能同皇帝对上戏。凡太平盛世的皇帝，就会相信麒麟见世，就会相信河清海晏。倘若下面的人演得太糟糕了，皇帝觉得你真把他当傻子，那也是会犯龙颜的。徐珂笔下这位假农夫剑走偏锋，故意演起滑稽大戏，居然把绝顶聪明的弘历逗得哈哈大笑。小官员此处算把皇帝的性子摸准了：九五至尊，怎会跟乡里佬儿认真计较？姑念乡愚，天真可爱，赏些银两打发回去吧。

且慢，小官员此番演农夫，实是冒了杀头风险！皇帝虽恩准农夫询问诸大臣名姓，可朝廷命官的名讳并不是平头百姓可随便问的！弘历的老子雍正恰恰为这事杀过人。清人昭梿的《啸亭杂录》记载，有一回雍正皇帝看杂剧《郑儋打子》，戏中常州刺史郑儋执法不避亲。演郑儋的戏子功夫好，雍正高兴起来就赏他吃饭。不料戏子问皇上："今天常州太守是谁？"雍正勃然大怒，说："你这个下贱的戏子，怎敢擅问官员是谁？这个风气实不可长！"于是发话下去，立马把这个刚得了脸的戏子打死了。

想那演农夫的小官员领了赏银下船，背上早汗透了。

康雍乾

　　康熙皇帝曾经有道圣旨颁行天下，类同教谕臣民的乡规民约，简单扼要，一百一十二个字，叫作《圣谕十六条》。每逢月吉，各地官员必须集合当地乡绅、学子、黎民等宣讲康熙语录。康熙御极六十一年，几无中断。据说康熙年间，天下归心，乾坤朗朗，康熙《圣谕十六条》功莫大矣。

　　雍正临朝，宣讲康熙语录的声势就更是浩大了。雍正不孝不悌似乎有史可证，但他必须堂而皇之地把康熙放在神龛上供着。康熙有子三十五人，他们在父皇驾崩之前过的日子可谓血雨腥风。皇子们疯的疯癫，关的关押，为着立储之事，不知掉了多少脑袋。康熙到了晚年，几乎听不得大臣们提及储君之事，谁胆敢说到立太子，重则杀头，轻者罢官。曾有大臣苦谏立储，被钉在墙壁上哀号三日才死去。康熙衰老之际，十四阿哥胤禵军功最大，授抚远大将军，世人多以为他会承继大统。康熙皇帝曾把自己的贴身袄子寄给十四阿哥，下面的人更相信这位阿哥必定坐天下。没想到，康熙看中的偏偏是皇四子胤禛。胤禛不仅没什么功业，甚至还有些蹈高临虚的姿态，多年谈佛论道，喜同世外之人为伍。皇子们争来斗去，几乎忽略了还有个四阿哥会同他们争天下。可是，正是这位看上去与世无争的四阿哥最后做了皇帝。

四阿哥做皇帝，凭的仅仅是康熙一句话。康熙六十一年十月某日凌晨，帝召众皇子并亲近大臣到榻前，谕曰："皇四子胤禛人品贵重，深肖朕躬，必能克承大统，着继朕登基，即皇帝位！"此时，军功赫赫的十四阿哥却在西藏平叛。中国人认皇帝，讲究的是正统。雍正承父皇之位，正统自是无疑。反对正统，大逆之罪。十四阿哥心里暗自不服，却也只好打落门牙往肚里吞。他奉召回京，还得问清楚先去吊唁先皇，还是先去恭贺新皇。其他的阿哥们自然更是无话可说。野史记载，雍正还把自己的两个亲弟弟八阿哥、九阿哥改了名，一曰阿其那，一曰塞思黑，意思是满语的猪和狗，用意在于震慑别的阿哥们。

高明的皇帝都知道，光是大开杀戒不足以治天下。有清一代，推崇"敬天法祖"。雍正正好利用这条祖宗传下来的老规矩，号称"以圣祖之心为心，以圣祖之政为政"，把康熙的《圣谕十六条》详加阐发，竟成洋洋万言，重新颁行，勒石天下。这就是所谓的《圣谕广训》。于是，各地随处可见刻有雍正《圣谕广训》的龙碑。各地官员又得在每月吉日召集百姓宣讲圣谕，累年不辍。但是，如果说康熙那十数条圣旨言简意赅，那么雍正的阐述则是王妈妈的裹脚布。

可惜雍正享国之日太短，在金銮殿上只坐了十三载，寿年不过五十七岁。假如他真如乃父，坐朝六十一年，终有一天会偷梁换柱，不用再拿康熙去吓唬人。雍正短命，便宜了乾隆。乾隆觉得让全国官民年年月月读那雍正的洋洋万言，太烦琐了，且多年下来，早已流于形式，有名无实了。于是，着令废止。

康熙能够被称为"圣"祖，其神圣之处是不可动摇的，雍正只有借其光芒方能照耀天下；而雍正终究未能至圣，只被称作"世"宗，平淡地承继一"世"而已。乾隆改改他的做法，反而又显得高明了，于是乾隆庙号便有个"高"字，叫高宗。我如此解释皇帝庙号，严肃的史学家们肯定会笑话我了。

皇帝也会打招呼

办事打招呼，亦是自古有之。晚清某年，广东潮州知府出缺，两广总督张之洞想用自己亲信充任，跟广东布政使游智开打招呼。可是，游藩司已事先答应广东巡抚了。张之洞大怒，责问道："你不把我放在眼里，只知讨好巡抚，你凭什么？"游智开算个不怕事的人，斗胆说："我能凭什么呢？只是旧制规定兵事归总督，吏事归巡抚。卑职身居两姑之间，做不好这小媳妇，不得不按制办理！"张之洞更加来了脾气，说："巡抚归总督节制，天下谁人不知？你这是从哪来的胡说？你把朝廷规定找出来我看看，我按你说的上奏朝廷，也好推掉吏事不再过问！"

游智开害怕了，回家遍翻会典，一时找不到白纸黑字。张之洞却严追不舍，游智开被逼得吐血，只好称病辞官。张之洞自然如愿以偿，用了自己想用的人。大凡打招呼的人，不是有面子的，就是有权势的。有面子的人打招呼，事情通常都会办成。有权势的人就不必说了，他们的招呼不管用是不行的。遇上张之洞这种有脾气的上司雷霆大怒，游智开之辈能奈之何？

清光绪年间，孙莱山当国。有年春闱，那位后来在"庚子事变"中上吊殉国的徐桐为会试总裁。有个翰林谋求会试馆的差事，徐桐二话没说就拒绝了。此翰林托人说情，徐桐说："我用人必当其才，最讨厌请托。请告诉这位翰林，不要再请人打招呼，不然莫怪我不讲情面！"第二天，徐桐上朝时，孙莱山对他说："那个谁你可给他个馆差嘛！"徐桐本想说些什么，还未及开口，孙莱山脸上一沉，说："这是什么大不了的事？朝廷美差那么多，不必这么认真啊！"徐桐不敢怠慢，马上派人把会试馆的知会送到那位翰林家去，说："已奉徐总裁之命，派您当协修的差事！"徐桐不是不听打招呼，而是原先打招呼的人关系不太硬罢了。

科举在古代是天大的事，但自隋唐到明清，文章取士千余年，打招呼的故事实在太多。隋唐科举尚未完善，舞弊几乎是公开的事，只要有可能没有不打招呼的。唐代读书人进京考试，必是早早地赶到长安，不是待在馆舍里温书，而是"登堂入室"，奔走权门。他们会把自己的诗文送给说得上话的官员看，按当时的行话叫作"行卷"。官员有赏识的，自会同考官打招呼。如果行卷行到考官那里，诗文又入得考官法眼，高中的把握就更大了。

此风到了宋代，几乎成了每考必取名士。读书人未进功名之前，必得在文坛上博得大名，方有资本结交权贵，或让权贵加以青眼。只要有权贵赏识，自会在考试的时候打招呼的。苏轼兄弟即将参加会试的时候，弟弟苏辙生病了。苏氏兄弟早已闻名天下，当时当政的权臣韩琦上奏神宗皇帝："今岁制科之士，惟苏轼、苏辙最有声望。今闻辙偶病，未能与试。如彼兄弟中有一人不得就试，甚非众望，宜展限以待之。"皇帝竟然应了韩琦之请，把会考时间推了二十日，直到苏辙的病痊愈。

苏氏兄弟有才自是不假，为苏辙之病推迟考试似也很人性化，但毕竟同制度太不合了。韩琦这招呼，直打到皇上那里去了。能诗文的人，未必就会考试。当然，会考试的人，未必就是人才。但就公平而言，既然有考试，就只能认考试。今天没法弄清楚苏氏兄弟考试到底如何，只知道他们兄弟俩双双高中了。神宗皇帝的母后高兴坏了，只道朝廷得了两个宰相料子。苏氏兄弟双双登科，显然同打招呼大有关系。

也有皇帝自己打招呼的事。皇帝本是天地之纲，所谓绳墨之出也。如果皇帝自己都打招呼，官场就荒诞透顶了。清嘉庆十九年甲戌科状元龙汝言，就是靠皇帝打招呼取上的。龙汝言原是某都统家的门客，专为老爷抄录诗词序颂，以备进呈之用。原来，清朝每逢皇上生日及令节，一、二品大臣及内廷翰林都要以小册缮写祝词以贡。有年嘉庆皇帝万寿，这位都统进呈康熙、乾隆两朝御制诗百韵。皇上大喜，召见这位都统，欲予褒奖。都统是个粗人，自知做不出这等功课，据实以奏。皇上更加高兴，说："南方士子往往不屑读先皇诗，今此人熟读如此，具见其爱君之诚！"于是，立马赏龙汝言举人名分，恩准次年参加会试。但是，龙汝言春闱不第。嘉庆皇上把会试总裁臭骂一顿，只说今科闱墨不佳，也就是说没有好文章。

会试总裁私下询问近侍太监："今科闱墨甚佳，何以不惬上意？"近侍耳语道："只因龙汝言落第，皇上不便明言耳！"于是，三年之后再度春闱，主考官径直取了龙汝言。皇上见到题名录，心中满意了。殿试时，考官们以龙汝言一甲一名拟进。皇上私拆弥封看了，知道龙汝言是拟定的状元，却故意装作不知道，只说："就依你们拟定的名次吧，朕不看了。"胪唱之日，皇上听见唱了龙汝言状元，欢喜道："朕所赏果不谬也！"皇上作了弊，却还装圣明！依清朝皇上们自己定的规矩，私拆考卷弥封是要杀头的！

甲申事

　　顺治元年为中国历史上最有名的甲申年，即1644年。这是清摄政王多尔衮的时代，其间发生的许多事情，同七岁的皇帝福临都没什么关系。正月初一，早已看清中国局势的朝鲜国王派使者在盛京沈阳给清朝拜年，李自成则在西安自立大顺国，改元永昌。

　　也是同日，明崇祯皇帝照例上朝，发现立班的只有一个锦衣卫。崇祯命人不停地敲钟召唤，大臣们还是不来站班。吆喝了老半天，稀稀拉拉来了几个人，却是惶恐不安。明朝坐拥天下二百七十六年，今日沦落到如此光景！

　　正月初三，左中允李明睿私下向崇祯皇帝献计："只有南迁，才可缓解目前之急！"崇祯皇帝说："朕很久就有这个打算了，只是大臣们不愿意怎么办呢？这件事先说到这里，千万别说出去！"今人都是事后诸葛亮，推想当时崇祯果断南迁，也许还有回天之机。然自古官场都讲究官样文章，真要南迁皇帝是不能开这个口的。臣子们开口，也要看好了机会。李明睿明白皇帝心思，便在朝上大胆上疏道："如今最要紧的是皇帝亲征，先撤向山东，退入南京，驻跸凤阳，等待勤王之师，然后西征闯逆！"李明睿这番话的真实意思就是劝皇帝南迁，但"南迁"二字绝对出不得口。皇帝哪怕真要逃跑，也只能讲亲征、狩猎之类。果然就有个兵科给事中，名叫光时亨，斥责李明睿走投降主义路线，不杀李明睿不足以安人心。大臣们赶快把屁股坐到了光时亨的板凳上，帮着斥骂李明睿，唯恐沾上逃跑主义的嫌疑。崇祯皇帝在朝上只得缄默不语，事后召来光时亨责骂说："你阻朕南迁，本应处斩，姑且饶你这回！"

这时朝野上下虽然都知道皇帝想南迁了，但皇帝自己不说出来，大臣们也坚决不说。自古做官，贵乎名节！谁都不愿意做出头乌龟，脑袋缩在甲壳里最是安全。这个时候的明朝，外少战将而内缺谋臣，官虽富有而国实贫乏。依现代气象科学的说法，当时地球正值小冰河期，天气异常寒冷，南北连年灾害，加上兵祸四起，外族觊觎，明朝社稷岌岌可危。迷信的说法，便是明朝气数已尽。李自成的大顺军却所向披靡，明将时有败降，举城以献。二月初，大顺军往河南、山东各州县派官员去坐衙门，当地乡绅、读书人和老百姓立马驱逐明官，执香迎导大顺官员就任，明朝地方官也有杀牛摆酒恭迎大顺官员的。似乎天下真的就改朝换代了。崇祯皇帝越发不信任各地文武官员，派出杜勋等十个太监分赴各地督军。这实在是个下策，太监们平日耀武扬威惯了，地方官员从来就暗自憎恨这些阉官。兵部尚书张缙彦进言："突然增加十个权重内臣，事权分散而相互掣肘，督抚倒多了推卸责任的借口。"凡吃败仗，则可往督军太监身上推诿。但崇祯皇帝早乱了方寸，听不进这种话。不料刚刚过了半个月，正是这个太监杜勋同他所监督的总兵一道降了大顺。

二月二十八日，崇祯再次召集大臣们商议南迁之事，但皇上仍不能开口直言。他事先暗自对大学士陈演说："此事要先生一担！"陈演奸猾不肯负责，在朝上闭口不说话。崇祯愤恨异常，面子上却仍要强撑着，放下狠话说："倘若事情到了不可收拾的地步，国君为社稷而死，则死于正义！朕已下了这个决心！"真是大义凛然，视死如归了。

惶惶然到了三月中旬，大顺军所到之处，明将多有附降，旋即就兵临燕京城下。明朝守城士卒因粮饷奇缺，羸弱萎靡。崇祯急命皇亲国戚、勋旧大臣及太监纳银助饷，响应者寥寥无几。三月十七日一大早，城外鼓角震天，崇祯急召文武商议，但君臣只知相向哭泣。此时西直门内，大顺军身披黄甲蜂飞蚁拥，天地如为黄云所蔽。明军却连武器都缺乏，有的士卒只得操木棍上阵。士卒不足，急调数千太监凑数。士卒久不果腹，无力御敌，东倒西歪。一位督军官员飞马入报崇祯："守城军士不肯效命，都躺在地上睡大觉！拿皮鞭打起一人，一人又躺下了，如何是好？"崇祯闻言痛哭，群臣也跟着哭。

这时，投敌的太监杜勋进宫劝降，声言大顺同明朝裂土而治，愿为朝廷内遏群寇而外制辽藩，但不奉诏入朝觐见。境况糟到这个地步，崇祯皇帝也想苟且，但他仍是不能开口的，只道："事情已十分危急了，你们就说句话吧！"皇帝已在哀求大臣们了，而满朝文武亦无一人吭声。崇祯盛怒之下发了虚火，推倒龙椅进屋去了。

第二日，大顺军飞梯登城，太监曹化淳大开彰义门而降。顷刻间，外城内城都被攻破。崇祯急回乾清宫，召集他的三个儿子，命他们化装出逃，说："你们万一得以保全，将来为父母报仇，不要忘记我今日的教训！"儿子们跑了，崇祯逼皇后周氏自缢，手刃其妃子、公主数人，领着十几个太监，持枪执斧出逃。无奈诸门紧闭，坚不可启，插翅难飞，只得折回乾清宫。熬过了平生最漫长的夜晚，崇祯帝于十九日晨亲自鸣钟，还想召集百官，应者竟无一人。这时陪在他身边的，只有一个太监王承恩。宫外杀声震天，皇上却是形单影只。崇祯帝爬上内苑煤山，寻了一棵海棠树，自缢殉国。太监王承恩也同皇帝相对自缢，算是尽了臣节。崇祯死前在衣襟上写下遗诏，痛言："诸臣之误朕也！"开国二百七十多年的明朝，官吏太多而恶习日积，皇帝早已使不动他们了。这一年，崇祯三十三岁，做了十七年皇帝。

也就在这一天，李自成从正阳门入城。李闯王比崇祯大五岁，时正三十八岁。京城居民设立香案，上书"大顺永昌"四字，夹道恭迎大顺军。只是不知这套把戏是大顺军胁迫的，还是明朝旧官鼓动的，或是居民们自发的。五天之后，那位不肯为南迁之事吭声的原明朝大学士陈演，率明朝三千多文武故官，具表劝李自成做皇帝。劝进是中国自古读书人最内行的手艺，不劝一个人当皇帝哪有他们的官做！因承天门没有打开，陈演等人众露坐通宵，可见这班贰臣的忠心诚心！三千多人席地而坐，场面该是何等壮观！李自成却在摆谱，直到午后才露面。他这时还讲客气，不着急当皇帝。陈演之流归附免罪而拥戴有功，明降官被留作京官的共三百多人，派到外地做官的共四百多人。这些帮忙把明朝葬送了的旧官，又高高兴兴做起大顺的官了。

一只黄雀候在关外多年了。三月十六日，大顺军刚刚逼近昌平，清廷得讯，立即下令，修整军器，储粮秣马，进讨之期定于四月初。果然到了四月上旬举兵时机成熟，似乎天下棋局都是清廷亲手谋划的。初八，顺治皇帝在盛京笃恭殿赐多尔衮大将军印，命他"代统大军，往定中原"，并命诸王、贝勒、贝子、公、大臣等，"事大将军当如事朕，同心协力，以图进取"。

多尔衮小崇祯一岁，时年三十二岁。但是，谁想在中国这块土地上做皇帝，总得先把道理说清楚了。清朝的大学士范文程便上书说道理：明朝亡于闯逆，"如秦失其鹿，楚汉逐之，是我非与明朝争，实与流寇争也"。恰好这时故明平西伯吴三桂向清朝请兵剿贼，多尔衮西进中原更是顺理成章。这位摄政王在给吴三桂的回信中说："予闻流寇攻陷京师，明主惨亡，不胜发指！用是率仁义之师，沉舟破釜，誓不返旌，期必灭贼，出民水火。"清朝其实憋足了劲要与明朝争天下，只是等待机会而已。

李自成满以为成就了帝业，多尔衮却视他若无物。明降将洪承畴深谙流寇习性，进言多尔衮：大顺军"今得京城，财足志骄，已无固志。一旦闻我军至，必焚其宫殿府库，遁而西行"。记得李自成刚进京城那天，抽箭三支去其铁镞，朝军后连发三矢，立下军令："军兵入城，有敢伤一人者斩！"又贴出榜文："大师临城，秋毫无犯，敢有擅掠民财者，凌迟处死。"也早有民谣说："吃他娘，穿他娘，开了大门迎闯王，闯王来了不纳粮。"可进城没几天，三月二十三日，大顺军便逮捕明勋戚、大臣、文武百官八百多人逼缴赃银，限大学士交银十万两，部院官及锦衣者七万两，科道官五万两到三万两，翰林万两，部属以下千两。派去外地的大顺官员也向大户追赃助饷，很多地方都是"一邑纷如沸釜，大家茫无恒业"。大顺军暂不向平民百姓要钱，只因他们身上早没油水了。流寇不要穷人出钱，只要他们出命。饥寒百姓越多，流寇兵源越广。京城内外一片恐慌，明朝旧官却仍在劝进，表中称李自成："比尧舜而多武功，迈汤武而无惭德。"马屁拍得漫无边际。

果如洪承畴所料，李自成以其所谓追赃之银大行分赏，将校每人百两，士卒每人十两、布十二丈。诸将帅则各据高门大院，又得赏金银珠宝及宫女，终日歌舞饮宴。将帅梦入温柔富贵之乡而不醒，士卒腰缠既富则生乡井之思而无勇。不准抢掠民财也只是纸上文章，屡有士卒借助饷之名索逼平民。燕京民众曾设香案恭迎闯王，哪知迎来大顺更陷水火。李自成进城仅仅二十二天，闻得吴三桂挥师复仇，就急急地想退据陕西。这个米脂农民的志向并不比他下面的喽啰高出多少，四月初十听说吴部东来，就对左右说："陕，吾之故乡也，富贵必归故乡，即十燕京未足易一西安！"第二日，急忙召工匠熔所得金银器皿铸成大锭，征用骡马运往陕西。十二日，李自成率军亲征吴三桂，打算边打边退到陕西老家去。李自成出征之前杀了故明勋戚大臣六十多人，那位露立通宵恭迎闯王的陈演大学士也掉了脑袋。陈演这个贰臣虽然做得吃亏，但其辱其祸却是自取。

那位把清朝问鼎中原的道理讲得名正言顺的范文程说："战必胜，攻必克，贼不如我；顺民心，招百姓，我不如贼。"自古流寇啸聚民众的幌子都是分田免粮之类，此等花招读书人都看得真切。范文程向多尔衮进了诸多安抚民心的方略，如"官仍其职，民复其业，录其贤能，恤其无告"之类。清朝硬的有铁骑利兵，软的有安定天下之良策，其锋芒锐不可当。但刚刚入关，多尔衮只敦促吴三桂部冲锋在前，自己率部殿后蓄锐等待。四月二十二日，吴三桂部倾巢而出，大顺军亦甚顽强。吴部几乎招架不住，多尔衮仍是按兵不动。直至午后，突然大风扬沙，遮天蔽日，咫尺莫辨。多尔衮见两军都已疲惫，骤发两万铁骑呼啸出阵。大顺军立即崩溃，清军乘势追杀四十里。李自成且战且退，二十六日退回燕京。二十九日，李自成在武英殿草草称帝，次日率部仓皇离京。撤离之际，正像洪承畴算准了的，明故宫被尽行焚毁，仅留下李自成最后栖身的武英殿。中国自古抢龙椅的人多，抢不到手就把它毁掉，也是最为常见的事。崇祯皇帝是来不及烧宫殿了，倘若手下仍有顾得上放火的兵卒，说不定给李自成留下满城焦土也未可知。

大顺军走了，清兵来了。明朝旧官们，不久前降了大顺，如今又来降清。降清的官员们多献上"投名状"，故明巡抚李鉴捕杀大顺官员十五人请降，故明大总兵姜瓖捕杀大顺节度使请降。故明大学士冯铨也许是个人才，多尔衮知道了以书征召，冯某闻命飞至。但冯铨之流仍是旧明习气，只知拍马奉迎。一日，多尔衮升座武英殿，冯铨率群臣上表称贺，极尽阿谀。退朝之后多尔衮问各位官员："我摄政以来，没听见你们有一字规谏，难道我事事都做对了？"冯铨等说："摄政王做得都好，没有什么异议！倘若有做得不好的，我们怎么会不说话？"

天下格局早已悄然变化着，而故明那班高冠博带的书生官僚却浑然不觉。他们对天下大势的掌握，竟然不如远在西藏的五世达赖。达赖早在明崇祯十五年（1642）即派专使往清朝通好，两年之后的顺治元年正月初十清朝派使臣往迎达赖喇嘛。达赖都看出明朝快完了，明朝的文武百官却还昏睡在梦里。当时坊间传说国破君亡之时，南京官员知道燕京没几个读书人自杀殉国，居然十分羞愧和气愤，直道朝廷白养活他们了。二百七十多年的大明江山养成读书人无所裨益的傲气，只是临到大难没有几个真有傲骨。史可法等少数君子算是异数，可惜他们辅佐的弘光皇帝朱由崧只是扶不上墙的稀泥巴。清兵正汹汹南下，朱由崧竟在江南选秀，纵情酒色。民间女子为逃避进宫，昼夜嫁娶；未能幸免的，竟投江寻死。这等混账皇帝，史可法在回复多尔衮的书信中，居然还得称颂他"天纵英明，刻刻以复仇为念"。为了让人相信朱由崧真的"奉天承运"，还要编造神话故事给世人听："告庙之日，紫云如盖，祝文升霄，万目共瞻，欣传盛事。大江涌出楠梓数十万助修宫殿，岂非天意也哉？"莫非那日涨了大洪水，上游佳木都漂到南京来了？

自古有道识时务者俊杰也，明朝旧官员大多是了不得的俊杰！最初曾有传言，说是吴三桂将奉太子还京复国。这时，大顺军已经消遁，清廷兵暂未入城，那些早降过大顺的明朝旧官，连忙在午门设立崇祯牌位，日夜号啕大哭。五月初二，听说太子马上要回来了，故臣们备了銮仪法驾卤簿，守候在朝阳门外恭迎。大顺朝还没来得及新制官服，明朝旧臣们的旧官服幸好没有毁掉，他们依然衣冠禽兽，统统跪伏道左，望尘以盼。华盖渐近，好半天看清来人，原来不是太子，而是清摄政王多尔衮！众人惊骇，魂飞天外。明朝旧臣们还未回过神来，大队清军已马蹄笃笃入城而去。明朝旧官们又匆忙上表劝进，范文程问曰："皇帝去岁登极矣，何劝进之有？"

儒冠无行，莫过于此！

康熙的真性情

世人多好以"性情"二字自许，直把这两个字用得很俗气了。我为着写《大清相国》，读了些同康熙朝有关的书，感觉这位皇帝倒还有些真性情。凡为君者，终须有龙威。而所谓龙威，外在气象似乎就是不苟言笑。别说古代皇帝，现实生活中的大小官员，紧闭金口者亦最为常见。好像故作高深、阴鸷冷漠就能生发龙虎之威。

康熙皇帝自是有龙威的，但他的威风不在于沉默寡言。他不光经常同大臣们论政事，论兵戎，论治河，论理学，论训诂，还同大臣们论音乐，论数学，论水稻。康熙四十七年三月初十，这位皇帝曾同大学士陈廷敬讨论文字学，说："《字汇》失之简略，《正字通》涉于泛滥……司马光之《类编》分部，或有未明，沈约之《声韵》，后人不无訾议，《洪武正韵》多所驳辩，迄不能行，仍依沈韵。……故朕酌订一书，命曰《康熙字典》，增《字汇》之阙遗，删《正字通》之繁冗，务使详略得中，归于至当，庶可，垂示永久。"康熙同大臣如此仔细地讨论编书，不光因他学问渊博，大概也因他性格爽朗。这时候陈廷敬正奉旨编纂《康熙字典》，康熙这番话也许就是陈廷敬向他"汇报"工作时说的。

每有官员出京赴任，康熙都会按例召见，嘱咐再三。康熙二十九年九月二十八日，江苏巡抚郑端陛辞，皇帝说："江苏地方繁华，人心不古，乡绅不奉法者多。"郑端对奏说："若乡绅肆无忌惮，有犯科条，臣惟有执法而已！"皇帝却道："尔只须公而忘私，也不必吹毛求疵，在地方务以安静为善！"可见这位皇帝也有宽厚放达的时候。

同大臣们扪心倾谈，在康熙那里是经常的事。比如康熙三十七年正月二十六日，湖广、河南、云南等多位督抚拜辞，皇帝说得简直苦口婆心，道："凡居官以实心爱民为主，民虽愚，终不能欺也。能实心爱民，民自知感。否则竭力矫饰，终难掩人耳目！"

这位皇帝人情味也很足，懂得照顾世情。康熙四十六年三月二十五日，皇帝南巡到松江府时，把江苏按察使张伯行召来，特意对身边众大臣说："朕至江南，访问张伯行居官甚清，此名最不易得。张伯行由进士历任按察使，不可以书生待之！"于是，马上任命张伯行为福建巡抚。原来张伯行乃书生本色，皇上怕世人小看他了，特嘱"不可以书生待之"。说句题外话，读书人被小瞧，大概自古有之。清代只怕尤甚，满人读书不及汉人，满官却通常位在汉官之上，轻蔑读书人之风必然大盛。

康熙为政之勤勉，亘古少有。但当时却有人疑心皇帝未必事事躬亲，多为近臣代劳。康熙便有些生气，曾于四十六年十二月二十日对大学士们说："内外各衙门奏章，朕皆一一全览。外人谓朕未必通览，故朕于一应本章有错字必行改正，其翻译不堪者亦削改之。当用兵之时，一日有三四百本章，朕悉亲览无遗。"看这则故事，这位皇帝居然为流言辩驳，似乎有些孩子气了。

做皇帝的多有喜怒哀乐不形于色者，康熙却并非如此。有一回康熙南巡，总督阿山送上两个美女，他发了脾气，质问道："阿山何意？美人计邪？"太子胤礽几经立废，康熙最为伤心。四十七年九月初四，康熙在行猎途中，召集诸王、大臣、侍卫及文武官员到行宫，痛哭流涕训斥大子："今观胤礽不法祖德，不遵朕训，惟肆虐众，暴戾淫乱，难出诸口，朕包容二十年矣！"康熙声泪俱下，历数太子种种不肖狂悖之举，然后说："太祖、太宗、世祖之缔造勤劳，与朕治平之天下，断不可付与此人！俟回京昭告于天地宗庙，将胤礽废斥！"此番情状，同乡野老父斥骂儿孙何异？亦是康熙真性情也。

　　朝廷凡事自有规矩，但康熙并不一味拘谨。有位大臣逝世，康熙为致哀意，道："我朝并没有大臣去世辍朝之例，但朕停办事一日。"康熙于四十六年第六次南巡，四月十二日离开杭州，正遇麦子收割季节，遂命沿途官员停止迎送之礼，既怕耽搁麦收农事，又怕迎驾人多践踏麦田。我在《大清相国》中写到陈廷敬进讲《君子小人章》之后，康熙因深恶明珠，不想循例去文渊阁赐茶，只命陈廷敬代为传旨。陈廷敬进讲时提醒皇上注意防小人，这是史实；但康熙负气不去文渊阁赐茶，却是因小说需要而虚构的。康熙有时不循旧例，未必不会如此行事。文渊阁在乾隆朝之后成为国家图书馆，专门放置《四库全书》，但至少在康熙朝此阁亦做他用。《清史稿·经筵仪》载："顺治九年，春、秋仲月一举，始令大学士知经筵事……毕，帝临文渊阁，赐坐，赐茶……康熙十年举经筵，命大学士熊赐履为讲官，知经筵事。"可见大臣进讲之后，皇帝驾临文渊阁赐茶给大臣们，应是前清定例。

今天神化康熙的大有人在，康熙自己却说他就是个平常人。五十六年，康熙渐觉身体不豫，但同今天世界上多数国家领导人不同，他并不隐瞒自己的病情，更不说自己仍然精力充沛。康熙在这年十月三十日曾对大学士九卿等说："朕近日精神渐不如前，凡事易忘。向有怔忡之疾，每一举发，愈觉迷晕。天下至大，一念不谨，即贻四海之忧；一日不谨，即贻数百年之患。"康熙从自己的身体状况说到管理国家责任之重大，随即告诫同样年老体衰的大臣们："尔等务各尽心勉力，庶不致有误天下事！"这年十一月二十一日，康熙又因自己身体之故，于乾清宫暖阁召诸皇子及满汉大学士、学士、九卿、詹事、科道等官员，作近三千字的长篇谕旨，再次说到自己疾病缠身，"心神忧瘁，头晕频发"。康熙在谕旨中说道："朕之生也，并无灵异，及其长也，亦无非常。八龄践祚，迄今五十七年，从不许人言祯符瑞应。如史册所载景星庆云、麟凤芝草之贺，及焚珠玉于殿前，天书降于承天，此皆虚文，朕所不敢。惟日用平常，以实心行实政而已。"皇帝承认自己也是常人，不是神人，史上少见。

康熙在《大清相国》中并非主角，但写大臣免不了要写皇帝。我写康熙时，时常在脑子里映现的就是类似上面的材料。这都是《清圣祖实录》里的东西，如果我写出来的康熙不是那么回事，就是古人欺我。

不准黄沙铺道

康熙皇帝自言勤于政事，凡本章均亲自批阅。朝野上下却多有不信的，怀疑大臣们代劳了。康熙四十六年十二月二十日，皇帝对大学士们说："内外各衙门奏章，朕皆一一全览。外人谓朕未必通览，故朕于一应本章有错字必行改正，其翻译不堪者亦改削之。当用兵之时，一日有三四百本章，朕悉亲览无遗。今一日中仅四五十本章而已，览之何难！"听康熙皇帝这般口气，颇有些孩子般争强斗胜。

康熙皇帝虽每每自证，其勤勉却始终遭人怀疑。故而八年之后，康熙皇帝又对大学士们说起同样的事："各处奏折所批朱笔谕旨，皆出朕手，无代书之人。此番出巡，朕以右手病，不能写字，用左手执笔批旨，断不假手于人。"

皇帝未能完全取信天下人，也许是有道理的。皇帝言行是否相顾，也不是轻易说得清的事。比如说，康熙皇帝六次南巡，每次都说要节俭。然而是否真节俭了？由不得皇帝本人，也由不得接驾官员，甚至找不到为南巡并不节俭负责任的人。

皇帝倒是把节俭的道理反复说过了。大凡皇帝出巡，说说不准黄沙铺道、不得净水泼街之类的话，便有圣明之君的样子了。康熙二十三年九月二十八日，皇帝首次决定南巡，行前于九月二十日谕称："正欲体察民情，周知吏治。一应沿途供应皆令在京所司储备，毫不取之民间。"又云："朕此番巡历，原以抚恤编氓，问俗观风，于闾阎休戚，务期洞晓。凡经过地方，百姓须各安生业，照常宁处，毋得迁移远避，反滋扰累。"二十四日，以南巡诏告全国，恩款十二条。

康熙二十八年正月初二日，皇帝准备第二次南巡，说了同首次南巡讲的意思大致相同的话："今特诹吉南巡，躬历河道，兼欲观览民情，周知吏治。所到沿途供亿，皆令在京所司储偫，一切不取之民间……凡经过地方，百姓各安生业，务令廛无废市，陇不辍耕，毋得仓皇惊避，辄滋烦扰。"可谓谆谆告诫，殷殷在耳。

读史料，康熙皇帝每次南巡都颁布恩款若干，一再严令节俭出巡。但是，所谓"一应沿途供应皆令在京所司储备，毫不取之民间"，是否完全做得到且不说，花钱反而更多却是必然的。护从皇帝出巡的臣工动辄几百人上千人，吃的用的都在京城采办齐全，再骡马车船拉着走，比沿途采办更费公帑。但皇帝说过的话，必须严格执行。首次南巡时，康熙皇帝行至惠山，又对江宁巡抚汤斌说："凡需用之物皆自内府储备，秋毫不收之民间。"倘以今人见识观之，沿途老百姓反倒真希望朝廷多买些自家东西。

康熙皇帝说沿途百姓"毋得迁移远避""毋得仓皇惊避"等语，各地官员却是真的听明白了。其实，康熙皇帝就爱个热闹。所以，皇帝每到一处，都是盛大迎驾送驾场面。史载：康熙二十三年十一月初四日，帝离江宁返京，大小文武官及缙绅士民数十万于两岸跪送。康熙二十八年正月二十八日，帝舟过扬州，民间结彩欢迎，恐有损物力，命前途诸郡邑皆停止结彩。康熙二十八年二月初六日，帝舟泊吴江县龙王庙，地方官以画舫五百只来迎，帝却之不乘。康熙二十八年二月二十六日，江宁士民数万人捧土产米果食物进献。

康熙帝曰："尔等所贡方物，但取米一撮，即如全收。"康熙四十四年二月二十二日，帝舟入山东境内，山东士绅兵民数十万执香跪迎。康熙四十六年二月初一日，帝舟泊德州第六屯，山东官绅士民数十万人跪迎。康熙四十六年二月十五日，帝舟抵江南台庄地方，江南士民数十万跪迎。从士民之请，帝登岸接见耆老，问询农事、生计。

观上述史料，康熙皇帝确有崇俭之德，如着令诸郡邑停止结彩、不肯乘坐画舫、仅象征性收取百姓进献之物。但见百姓如此拥戴，康熙皇帝自然是龙颜大悦的。康熙四十四年三月二十八日，皇帝第五次南巡到松江时，曾对两江总督阿山讲：朕见百姓"所以扶老携幼，日计数万，随舟拥道，欢声洋溢者，皆由衷而发，非假饰也"！

当时著名画家王翚等费时三年绘制的《康熙南巡图》十二幅，描述的是康熙皇帝第二次南巡盛况。即使依中国画删繁就简的美学原则，这十二幅南巡图也是十分壮观的，好像看不到康熙皇帝说的俭朴。时人张符骧曾作《竹西词》《后竹西词》讥讽康熙皇帝第三次、第六次南巡事，写道："三汊河干筑帝家，金钱滥用比泥沙。""忆得年时宫市开，无遮古董尽驼来。何人却上《千秋鉴》，也博君王玩一回。"当时张符骧还没中进士，写诗作文还敢讲真话，他的文字比正史更加可信。

康熙年间全国人口最高值不过一亿六千万人，虽然江浙苏杭人口较多，但动辄数十万人跪迎圣驾，且"皆由衷而发，非假饰也"，似乎也不太可信。官员们也许有真心诚意张罗百姓跪迎圣驾的，也有硬着头皮应苦差的。百姓们都愿耽搁正业，执香跪到河岸上去吹西北风吗？二月的山东，冬月的江宁，天气都不暖和。扬州"民间结彩欢迎"圣驾，只怕百姓们并不都甘愿花这个冤枉钱。

很多时候，也许正史野史互鉴才见得历史真相。清人有笔记小说写过一则故事，康熙皇帝问路边迎驾的老者："老人家，您等多久了？"老人回答说："露立中宵！"康熙皇帝很是体恤，说："您这么大年纪了，为什么还通宵在这里等呢？"老人讲了真话："官府户中索拿，不敢不来！"

遥想当年高峒元

妖孽频出，末世之征。晚清慈禧柄国时，北京白云观有个道士，唤作高峒元，人称活神仙。高神仙因与总管太监私交甚笃，竟然博得慈禧宠幸。依制道教总首领本在江西龙虎山，世代受朝廷册封，乃正乙真人是也。只因慈禧迷上高峒元的神仙术，便封高某为总道教司，同正乙真人并为道教领袖。官帽子都是朝廷管着的，多制几顶又何妨，况且是个管道士的官。

然而，高峒元这个道士官却实在不可小觑。他奉召入宫，可数日不出。不是别人召他，而是奉慈禧懿旨。人活到慈禧这份上，想着的便是不死。无他法，只得求助于高峒元之辈。高神仙如何授慈禧长生秘诀，外人不得而知。但因他是慈禧的红人，身边便权贵如云。喜欢认义女的不仅仅是官员，做了神仙的道士也有此雅好。一时间，达官贵人妻妾子女有姿色者，都认高峒元为义父。也就是说，如果你长得不好，这义父是认不上的！

白云观中置房数十间，备有精美被衾妆奁，供义女们入观同高神仙相会。义女们的男人与父兄未必不会生出醋意，但却另有不便明说的好处。想那高神仙是入宫日夜侍候慈禧的，义女们夜宿观中该何等荣幸！曾有侍郎的妻子长得美艳，拜了高峒元为义父，便替夫君谋得广东学政之差。广东在晚清就是富饶之地，放得此处学政是个大美差。美色美差，两全其美！

当时，每年元宵节后，白云观开庙十多日，满城官宦携妻女入观冶游，谓之神仙会。高神仙这些日子尤其风光，酬对权贵美色之间。所见多为义女，且都是在观里住过的！也有母女同为高神仙义女的，又该是何等感怀！高神仙不光喜欢义女，还喜欢财富。白云观的庙产富甲天下，这些钱财自然都是高神仙的。

近年出了个李道长，也被称作神仙，也有很多财富，也收很多弟子。但是，相比当年的高峒元，李道长逊色多了。认真说来，慈禧都算高峒元的入门弟子，且有很多高官妻女为义女。李道长的显赫弟子，不过几个当红伶人而已。每年正月赴白云观神仙会的权贵，都是找高峒元通慈禧关节去的。李道长却只会找钱多人傻的人办办养身班，别的神通只怕也不会大到哪里去。

屡有人要我说说李道长，只缘我十多年前在《国画》里写了个圆真大师。我不感兴趣，没有开腔。《国画》里还有位神功大师袁小奇，更似李道长者，亦教人长生不老，亦替人祛病消灾。

伏尔泰和年羹尧

　　普鲁士国王腓特烈二世是个很有意思的人物。他很风雅，懂音乐，通法语，喜欢写诗，甚至用法语写诗。他是个君主，看上去却很有人情味，甚至不可思议地允许言论自由。他曾经说过："老子爱怎么干就怎么干，老百姓爱说什么由他们说去！"有一次他在柏林城的墙上看到一幅讽刺他的漫画，不以为意，只淡然说道："嗬！再挂低些，让人瞧个仔细嘛！"既然有人敢画讽刺国王的漫画，说不定也会流行很多挖苦他的段子。此乃臆测，无从考证。我想纵然民间有很多段子流传，腓特烈二世也不会生气的。老百姓爱说什么就让他们说去，谁又动得了他半根毫毛呢？下道禁令，不准百姓编段子，那才是傻瓜做的事儿。

　　这位感情丰富的国王做过的最冲动的事，只怕是邀请伏尔泰做客了。当时伏尔泰文名响彻欧洲，而腓特烈二世自命艺术家和诗人，又会讲一口很时髦的法语，自然要同最杰出的文化人做朋友了。于是，他郑重地向伏尔泰发出邀请。伏尔泰兴高采烈地来了，称赞腓特烈二世为"北方的所罗门王"。腓特烈二世却很谦虚，说自己最喜欢的称号是"伏尔泰的东道主"。这位好客的东道主封伏尔泰为法官，让他住进豪华的王公宅邸，领取丰厚的薪金。

伏尔泰的访问看上去很愉快。腓特烈二世隔三岔五宴请他，席间的谈论是高雅的，哲学、音乐、法语诗，甚至还有烹饪术。国王还常常请伏尔泰修改他的诗作。但麻烦就来了。文化人天真起来就容易忘乎所以。伏尔泰见国王请他修改诗作，就真以老师自居了。腓特烈二世写诗到底只是业余爱好，他的职业是国王。这位国王的诗自然不敢恭维，尽管他的国王当得也许很出色。伏尔泰竟然笑话国王的诗，甚至在很多公开场合引用国王的诗。国王认为伏尔泰这么做别有用心。腓特烈二世毕竟还算有自知之明的，他清楚自己的诗作只能在小圈子里传阅，公开发表怕招人笑话。可伏尔泰的恶作剧等于将国王的诗作公开发表在报纸的头版头条了，而这个版面通常是发表国内外要闻的。腓特烈不高兴了，伏尔泰也不愉快了。伏尔泰只好离去，回到他忍受了几十年的法国。

几乎在同时，中国正处大清帝国康雍乾盛世之雍正年间。雍正的宠臣年羹尧文韬武略，为雍正登上皇帝宝座立下过汗马功劳。雍正好像也很有人情味，曾对年羹尧说：自古君臣之交大多因为公事，私交也是有的；但像我俩交情如此长久，从未有过啊！我俩要做君臣的榜样，让千秋万代之后人称赞，让他们羡慕得流口水！听了这席话，年羹尧真是感激涕零，山呼万岁万岁万万岁，发誓肝脑涂地，死而后已。雍正对年羹尧自然是累降恩泽。

然而伴君如伴虎的道理从来就没有改变过。有一年，天显瑞象，五珠连贯，日月同辉。于是举国沸腾，以为吉兆。文武百官竞相进表，颂扬雍正英明盖世，德化八荒，乾坤朗朗，国富民安，盛世太平。年羹尧当然不敢免俗，也进表皇上，自然是好话连篇。他在上表中用了"夕惕朝乾"之句，称颂雍正晚上反躬自省，白天为国事勤勉操劳。此语出自《易经·乾卦第一》，原话是："君子终日乾乾，夕惕若，厉无咎。"后来化作成语，或说"夕惕朝乾"，或说"朝乾夕惕"，意思完全相同。但人们习惯中多说"朝乾夕惕"。年羹尧的灾祸就出在这地方。他只是把人们说惯了的"朝乾夕惕"说成了"夕惕朝乾"，就惹得雍正龙颜大怒。这位当年发誓要同年羹尧做千古君臣榜样的圣明之君脾气发得令人不可思议：既然年羹尧舍不得把"朝乾夕惕"四个字给我，他立下的那些功劳我也可给可不给！

年羹尧做梦也想不到自己这么容易就把皇帝老子给得罪了。这位中国的大臣远没有同时代西方的伏尔泰那么幸运。伏尔泰也曾被腓特烈二世的爪牙投入监狱，因为他无意间带走了这位国王的法语诗集。这册诗集很可能让腓特烈二世在国际上丢脸。但伏尔泰很快就被放出来了，腓特烈二世还为自己做得过火而内疚。也许因为伏尔泰到底只是国王的客人，而年羹尧却是皇帝的臣子。君要臣死，臣不得不死！年羹尧被认定九十二项罪状，其中三十二项都是问斩的罪。一个被皇帝视如手足的权臣，一夜之间成了十恶不赦的罪臣。鸟之将死，其鸣也哀。年羹尧在狱中给雍正写了封信，言辞凄切，恳求皇上留他这犬马之身，慢慢为主子效力。雍正便大发慈悲，法外开恩，赐这位当年的功臣在狱中自尽。凡是皇上赐予的，不论祸福，都是恩典。年羹尧自尽之前，还得伏地长跪，谢主隆恩。毕竟不必杀头，可留下个全尸，自然算得上皇恩浩荡。中国自古的天条是：朝廷永远不会错，皇上永远是对的。臣民在皇帝和朝廷面前永远只有一个姿势：叩首谢恩！

伏尔泰事后回顾自己的普鲁士之旅，万分感慨：谁若相信自由、多元价值、宽容和同情，谁就无法呼吸极权主义国家的空气！谜底终于揭开了：原来腓特烈二世因为法语诗的事而生气，不过是借口罢了。年羹尧的冤狱呢？更是让人莫名其妙。中国历代皇帝，除去某些出身草莽的开国之君，都受着良好的教育，皆可谓饱读诗书，学养深厚。难道雍正皇帝真的不明白"夕惕朝乾"原本没有错误？他只是想找个碴儿发作而已。只要他是皇帝，就总有龙威大作的理由。

圣上其实都知道

康熙讲究所谓以宽治天下，曾对大学士们说过一番话，大意是说：治国宜宽，宽则得众。若吹毛求疵，天下岂有完人？康熙还举例说，赵申乔任湖南巡抚的时候，大小官员都被他参劾过，难道全省没有一个好官？官之清廉只可论其大方面者。张鹏翮居官很清廉，但他在山东兖州做官时，也曾收过人家的规例钱。张伯行居官也清廉，但他刻了那么多书，而刻一部书非花千金不可。这些钱哪里来的？只是朕不想追究。两淮盐差官员送人礼物，朕不是不知道，只是不想追求！在康熙皇帝嘴里，"追究"和"追求"是一个意思。

读了康熙这番话，方知官员清廉与否，皇帝其实都是知道的。似乎康熙也并不在乎官员是否真的清廉，只要大方面说得过去就行了。康熙提到的几位官员，在历史上都有清名，而最清廉的是赵申乔。偏是这个赵申乔，康熙好像并不怎么喜欢。有一回，康熙又同大臣们说起赵申乔的清廉，这位英明天子并不以为然，说道，朕相信赵申乔是个清官，但作为封疆大吏，要说他一清二白，朕未必相信！倒是对明知其多少有些贪行的张鹏翮、张伯行，康熙宽宏多了。就我所读到的清史资料，康熙对这两位"张清官"颇多赞赏。

康熙朝被史学界称誉较多，但并不妨碍它出产贪官。贪官并不一定都会倒霉的。索额图和明珠都贪，前者死于监牢，后者得享天年。徐乾学和高士奇也都贪，徐被皇上罢斥永不叙用，高告老还乡仍被召回。赵申乔的儿子赵凤诏因贪污被参劾，论罪处斩了。原来康熙说，赵申乔确实清廉，但他养的这个儿子太贪了，应按律处斩！不能臆断康熙杀赵凤诏的真实动机，但他并不喜欢赵申乔这个清官，应是事实。康熙曾责怪赵申乔教子不严，赵申乔上疏称自己"不能教子，求赐罢斥"！康熙看了他的折子，龙颜大怒："今阅赵申乔所奏，其词意愤激，殊非大臣之体。"这时的赵申乔是户部尚书，因失大臣之体，挨了处分，戴罪留用。

赵申乔是否真的清廉，不必再去辩护。况且清官多酷，也该有不是之处。就说赵申乔，他在湖南巡抚任上，把所有官员都参了，实在有些过分。奇怪的是康熙对官员之好恶，同他们官品之优劣，并没有多大关系。说桩公案，便知康熙如何英明了。李光地和陈梦雷是福建同乡，又是同科进士。康熙十二年，耿精忠在福建造反，当时李、陈二人正在老家告假，成了事实上的附逆之人。李、陈二人密约，上"蜡丸书"给清廷，告知耿精忠造反详状。可李光地是个夺情卖友之人，上"蜡丸书"时独自具名落款。平叛之后，陈梦雷便成了附逆罪臣，被捕下狱，贬戍奉天。李光地却扶摇直上，官至文渊阁大学士。李光地非但不救陈梦雷，反而落井下石。陈梦雷很是愤恨，屡屡上告，终无结果。多年之后，闹得康熙都知道了，就在巡视关外时，召见了陈梦雷。康熙却并不想昭雪冤情，只是挑唆陈梦雷说出李光地的不忠之状。陈梦雷倒是个君子，任康熙如何暗示、胁迫，他只说："李某负奴才千般万般，要说他负皇上却没有，奴才怎敢妄说？"康熙若是常人，即使不为陈梦雷的厚道而感动，也应为李光地的忠诚而欣慰。可康熙恰恰不是常人，他是皇帝，非常失望，而且气愤。他斥退陈梦雷，怒道："你是个罪人，如何见得朕？你今日有话不说，自此后终无见朕之日矣！"原来，这时的康熙想整李光地了，只是治罪无凭。皇帝想治别人的罪，本可不用理由，但若能有些把柄，毕竟方便些。可见，皇帝用人整人，不太关乎官员们的奸忠贪廉，也不关乎国法纲纪。

说句题外话，雍正初年查处两个大贪官，一个是江苏巡抚吴存礼，他用其贪污所得贿赂朝中大小官员及太监等226人，计银44万余两。嵩祝、李光地、张鹏翮等名臣及六位皇子皆在受贿之列。一个是山西巡抚苏克济，他收贿450多万两银子。苏克济收的这些银子，相当于康熙年间正常年份户部年底存银的17%左右。雍正皇帝查处这两个大贪官，事都犯在康熙朝。

雍正十三年

雍正元年，清世宗胤禛登基没几日，连发多道圣谕，谆谆告诫各级官员。雍正皇帝发给知州、知县的谕示中，专门警告官员，不得"或借刻以为清，或恃才而多事"。所谓借刻以为清，就是把苛刻严酷当清廉，或自以为清廉便为官凶残。所谓恃才而多事，就是自以为才能卓越，便政事频出，劳民伤财。雍正皇帝看穿了某些"清官""能官"的面目，可见是个明白君主。

坊间传说雍正皇帝苛酷，亦是不争之史实。他对骨肉兄弟之残忍，对功勋大臣之无情，都是有史可考的。但他也有仁慈的时候，行事法度严谨。比如，雍正元年正月初二，这位皇帝命户部严查恩赏老人之银两，不许丝毫侵扣。老人年九十以上者，州县不时存问，或鳏寡无子及子孙不能养赡者，设法恤养。又如元年初，朝廷于京城煮粥赈饥，来京就食的穷人很多，雍正皇帝命煮粥期限延长，每日增拨银钱和粮食。直隶、山东、河南籍的饥民距京城较近，朝廷发给银钱劝遣他们回家。官府把事情也做得很细，查明直隶等近京三省入京饥民共一千二百九十六名。

山西、陕西有所谓"乐籍"，其状甚为悲苦。因明初永乐起兵，有民众未肯附顺，明成祖遂将他们的子女发入教坊，编为"乐籍"，世代女子，逼勒为娼。无论绅衿贡监及土豪地棍，呼召不敢不往，"侑酒宣淫，百般贱辱"。雍正皇帝看了御史年熙的条奏，命除去"乐籍"，改业为良。浙江绍兴还有丐户，又称惰民，另编为丐户籍。此亦为前明沉痼，"农工商贾无其业，礼义廉耻不相关。男则吹乐捕蛙，妇则做媒送嫁"。雍正皇帝也令他们改业为良，自食其力。这些也算得上德政。

雍正皇帝憎恶贪官，遇着廉官就大加赞赏。两广总督杨琳，原为十阿哥属下，常年需向十阿哥孝敬。杨琳奏言：自康熙五十四年任广东巡抚起就应酬不暇，自己所有收入不足供十阿哥王府所用，除任内每年所有之外，将京中住房及素日所有尽行变卖，可能还会负债。雍正皇帝见如此封疆大吏，清廉到官俸不能养家，也像凡人一样动起情来，朱批道：今日之皇帝乃当年之雍亲王也。大家今日只要共勉一个"真"字，一个"好"字，君臣之福不可量矣！

皇帝就是不叫官员廉洁，官员们嘴上也会讲廉洁，只不过有的是真心，有的是假意。云南巡抚杨名时折奏：巡抚衙门所入，有藩司平规四千两，通省税规七千两，连盐税四万六千两，共五万七千两，请准留若干，其余应允公用。怎料雍正皇帝却恼了，谕示道：督抚这点银钱，岂可用法则限制？取所当取，而不伤乎廉；用所当用，而不涉乎滥！若一切公用、犒赏之需至于拮据窘乏，殊失封疆之体，非朕意也！雍正皇帝竟然还以此责备杨名时：矫激以沽誉，不知是何用心！杨名时因了这道倡导廉洁的折子，稀里糊涂成了罪臣。马屁拍到蹄子上，真是圣心难测！十三年后，乾隆皇帝弘历即位没几日，就把先皇时日的待罪之臣杨名时召回京城，赐礼部尚书衔，领国子监祭酒，兼值上书房、南书房。弘历谕称杨名时：为人诚朴，品德端方。这是后话了。

翻阅雍正逐日朱批，方知皇帝当得实在辛苦。雍正皇帝励精图治，似乎很快就见效了。山东巡抚黄炳奏称："双穗瑞谷，处处挺生。"雍正皇帝很高兴，谕称："此诚天地神祇并皇考圣灵垂佑之所致也"，"亦由民风淳朴，封疆大吏治理有方，始克睹嘉谷之祥"。全因皇帝喜欢，各省督抚便纷纷奏报瑞谷。江西、山东等地麦谷双穗双歧，四川的黍一秆四穗。紫禁城内的莲花也很争气，居然同茎分蒂。大学士们奏请：诸瑞叠至，皆皇上盛德之所感召。雍正皇帝愈发高兴了，谕示：宣付史馆！史书要重重记上一笔了。

但天下并非真这么快就太平了。漕运总督张大有奏报：山东沿河州县忽生蝗虫，百姓将半熟之高粱、谷子抢收三四分，其余尽被蝗虫食尽。秋收无望，士民哀恳救济。巧的是闹蝗灾的地方，正是率先奏报瑞谷的地方。

天灾难免，人祸也难免。很快就发现了大贪官，江苏巡抚吴存礼被革职。查明吴存礼用其贪污所得，贿赂朝中大小官员及太监等，共二百二十六人，计银四十四万三千七百余两。今人熟知的名臣嵩祝、李光地、张鹏翮及六位皇子皆在受贿之列。

自古官员为贪，手段百出。雍正初年，官员们流行建生祠书院。皇帝看出其中蹊跷，发布上谕禁止，说：此种生祠书院，各地建得很多，不过是官员在任之时，或由下属献媚逢迎而建；或由地方出入公门的有钱人、包揽官司的讼棍倡议纠合而建，实则假公派费，占地兴工，劳民伤财。生祠书院或为宴会游玩之所，或被本官据为产业。雍正皇帝下令，将已建生祠书院改为义学，不听法令仍行建造者追究本官及为首倡建之人。

从皇太极算起，此时清朝坐享天下已百余年。桃子不是一天烂起来的。雍正皇帝殚精竭虑，想着还是得借助先皇余烈。二年二月，雍正皇帝把康熙《圣谕十六条》"寻绎其义，推衍其文"，而成《圣谕广训》。《圣谕十六条》仅一百一十二字，而《圣谕广训》则洋洋万言。自古皇上想做什么，自有臣子替他说出来。有个叫觉罗逢泰的侍讲学士奏请皇上，在京八旗应每月宣讲《圣谕广训》。雍正皇帝从善如流，准了觉罗逢泰的折子。

又有一位侍讲学士叫张士照的不甘落后，奏请将《圣谕广训》用于试士训蒙，县、府及学政复试童生时，必令默写《圣谕广训》一条，不错一字者才准取录。平日，各学府选拔有品行的生员朔望宣讲，蒙学则用此训迪幼童。事情到此应算妥帖，已经从娃娃抓起了。

但是，祭酒张廷璐又有折子上来，建议将军及提督、镇守使，应向所属武职宣讲《圣谕广训》。至此，从京城八旗贵族、幼童发蒙、科举取士，到全军武官，月月都要掀起宣讲《圣谕广训》的高潮。应该再没人上折子了吧。且慢，又有右参议孙勷奏请，应遴选教官，长年宣讲，化导兵民。各地官员的政绩考核，即所谓"考成"，第一条就应看他是否勤宣《圣谕广训》。

雍正皇帝如此重视教化，应是察觉到世风很不好了。事实确是如此。刑部尚书励廷仪折奏：今年应试士子投诗送文，往来拜访者不少。"场前既多奔竞，榜后必生事端。"皇上便命都察院颁示晓谕这些读书人：应试士子宜安分守法，毋得希图侥幸，如有钻营彰著者，即行拿参治罪！

雍正皇帝自己也做重视教育的表率，亲自到太学拜谒孔子，并在彝伦堂讲经论学，发布圣谕说："圣人之道，如日中天，讲究服膺，用资治理。尔师生其勉之！"为尊师重道，雍正皇帝又下谕旨，此后一应章奏、记注，把皇帝"幸学"统统改称"诣学"。

古人治国，最重"耕读"二字。雍正皇帝命各地切实重农务本，督抚皆有课农之责，应率全体官员悉心劝农，并咨访农民疾苦，有丝毫妨于农业者，必为除去。又命每乡择一二老农之勤作者，优其奖赏。复命各州县择老农之勤劳俭朴者，每年举一人，给以八品顶戴荣身，以示鼓励。

雍正皇帝在位时间不长，于十三年八月二十三日驾崩。雍正皇帝在遗诏里说："十三年以来，竭精殚心，朝乾夕惕；励精图治，不惮辛勤；训诫臣工，不辞谆复。虽未能全如期望，而庶政渐已肃清，人心渐臻良善。"但这个时候，官场风气并非雍正皇帝遗诏说的那么好。乾隆皇帝即位不久，就晓谕督抚：不得无故传唤属官。此话听来轻巧，实则是官场走奔之风大盛。乾隆皇帝谕称："督抚及其属员，均有办理地方事务之责，属员唯当实心供职，不宜以趋走逢迎为尚。"原来省府所在首府首县的知府知县，不论有无紧要公务，每日必在督抚衙门伺候。督抚同城的地方，抚传未归，督传又到，仆仆于道，奔走不遑。

奔走不遑者，绝不是田径赛跑。其中奥妙，今人自然知道。

权杖与华表

　　普希金时代的俄国，有贵族提议，让全国的农奴统一制服，为的是方便管理。因为居然有农奴见了贵族没有行礼，而贵族们有时候单从衣着上又不能明确断定谁是农奴。这让贵族们不能容忍。但是，这个提议最终被沙皇否决了。沙皇担心，一旦让全国农奴都穿上统一的制服，农奴们就会知道自己的同胞原来如此之多，他们的势力原来很强大。

　　俄国的沙皇到底不如中国的皇帝智慧。中国古代士农工商四民，早在服饰、住房等方面相区别了，而且不可随便混同，弄不好就是逾制大罪。怎么就不见中国老百姓因为知道自己人多势众就闹事呢？中国自古当然也多有百姓闹事者，轻则蜂起为盗，杀人越货，重则揭竿称王，动摇社稷。但没有哪次百姓起事是因为他们知道布衣者众，而是别的原因。原来，中国皇帝们并不怕百姓人多势众，他们还往往拿人丁兴旺夸耀自己的尧舜之治哩！中国自古有"马上得天下，马下治天下"之训，这是历代皇帝都信奉的。俄国沙皇肯定不明白这个道理。他们本来就是游牧血统，也许过于留恋马背吧，君临天下之后仍然太迷信马鞭、弓箭和大刀。他们便害怕穿着统一制服的农奴都拿起了马鞭、弓箭和大刀，麻烦就大了。

中国除去远古传说里的禅让，历代天下也都是好汉们骑在马背上打下来的。但是，中国的好汉做了皇帝，就懂得从马背上溜下来，斯斯文文地治天下。同泱泱大中国相比，沙皇俄国毕竟资历太浅。一个草原游牧民族，他们手中的马鞭直接就变成了沙皇手中的权杖。这根由马鞭而来的权杖，怎么能同中国的华表相比？象征中国皇权的华表，汉白玉雕刻的，游龙飞云，威武壮观，庄严肃穆。沙皇俄国的历史不过几百年，而尧帝门前的诽谤木演化成华表，则历时数千年！当华表还是诽谤木的时候，百姓可以随意把自己的想法刻在上面，上达君王。华表既成华表，别说它石质坚硬，哪怕是豆腐做的，也没人去上面刻字了。

不得不叫人佩服皇帝们的脑袋聪明。自秦始皇开始，两千多年间中国在位的皇帝不过四百二十几个，就是这四百二十几个脑袋，竟然把中国亿兆百姓的嘴调教得无话可说！华表终于成了屹立千古的风景！

顺便扯几句题外话。如今就连诽谤木的"诽谤"二字，味儿也早变了。诽谤木之诽谤，拿今天的话说，大概就是提意见。而今天的诽谤，词典里的正宗解释是：无中生有，说人坏话，毁人名誉。我敢打赌，今天说的提意见，过不了多久，也会转化为贬义词，恐怕会朝着造谣、中伤、诬蔑等意思演化。今天"提意见"三字，词典上还没有新的解释，现实中的贬义倾向却早显端倪。语言是活的，词典是死的。谁听说有人给他提意见了，肯定满心不高兴。这个被提了意见的人，若是领导，嘴上会说一定谦虚谨慎，有则改之，无则加勉，背地里就会给提意见的人穿小鞋；这人若是鲁莽群众，马上就跳起来了，非要找那提意见的人对质明白不可；若说谁对谁有意见，便是说谁跟谁成了对头。

言归正传：治人之道，首在治心。心已乖顺，嘴便无言。嘴既无言，天下大治。这是自古中国皇帝们心领神会的浅显道理，哪里用得着担心百姓人数多寡？其实，这个道理，街头流氓也都明白。常有二三流氓当街作恶，而过往群众袖手旁观。流氓为何不怕群众人多势众？他们知道好人怕流氓。原来好人怕流氓，也是多年流氓作恶作出来的结果。流氓们知道好人多有怯弱之心，再多的好人他们都不怕了。皇帝眼里百姓是乖顺的，流氓眼里百姓是怯弱的，都好对付！

康熙君臣杂说

一

观康熙年间事，常看出读书人的不肖。康熙皇帝说满官性多质朴，汉官机巧太重。汉官身上的毛病，康熙皇帝常有责备。这些汉官，都是科场出身的读书人。康熙四十五年（1706）三月，皇帝因查办了几个科场舞弊的考官，说："朕观会试，主考系北人，则必取北人为首，系南人，则必取南人为首，可谓之无私乎？"此处说的南北考官，指的都是讲究乡谊的汉人。康熙皇帝还说过："汉人虽有师生之名，仍好相互结仇。若平日稍有不合，必寻求其过失陷之；如或不能，即作为文章极论其非，以抒其愤而后快。此汉人陋习，至今尚未改也。"又曾斥责汉官九卿保举人员：

"非系师友，即属亲戚，是皆汉人相沿恶习。"于成龙是康熙皇帝极为赏识的大臣，他也未能逃脱皇帝的批评："于成龙人尚可用，亦有劳绩，但比年以来，徇情为人，大有错谬。""其所奏之事只徇人情面，欲令人感彼私恩。"康熙皇帝曾指出于成龙从任河道总督到随驾征讨噶尔丹，举荐之人尽是亲友、同乡、门生、故旧之类。

汉官们的毛病，康熙皇帝时常敲打，很不留情面。康熙十八年（1679）八月，帝责吏部等衙门汉官们不好生上班，"只图早归宴会嬉游，不为国家尽力担当，料理公务"。汉官们或因乡党，或因同砚，或因师生，或因故旧，皆喜结党呼应，互为援引，公务之余宴请游玩，酒桌上的话比公堂上说的更管用。

这一年，平复"三藩之乱"的战争虽节节胜利，吴三桂也死了，然其残余部属仍在抵抗；耿精忠虽已请降，变数仍难逆料。偏又灾害不断。正月十二日，康熙皇帝得知，先年全国很多地方发生水旱天灾，"山东、河南及大江南北均受灾，饥民食草根、树皮，以至千百成群，夺官粮，劫乘马为食，山东行旅俱绝"。

朝廷边打仗边救灾，情势十分艰难。祸不单行，七月二十八日北京又遭地震，从上午九点到晚上七点，"声如雷，势如涛，白昼晦暝，顺承、德胜、海岱、彰义等城门被震倒，城墙坍毁甚多，宫殿、官廨、民居十倒七八"，"原总理河道工部尚书王光裕一家四十三口压死，文武官及士民死者甚众"。康熙皇帝爬上景山，避震三昼夜。余震不断，一直延续到九月中旬。

宴会嬉游之类，自古官场都属常见，但康熙皇帝发现，"奢侈之风汉人居多。今满官田舍俱在畿辅之地，人皆知之。汉人内或有自称道学，粉饰名节，而本乡房舍几至半城者，或置田园者有之"。"如此奢侈之风，在满洲乎？在汉人乎？"显然，康熙皇帝对满人是袒护的。满人入关圈地侵民为祸不浅，帝虽于康熙八年（1669）下令圈地永行停止，但满人强占汉人田产埠铺的事仍常有发生。康熙二十八年（1689）六月，奉天府府尹金世鉴上疏说："旗人与民人争地，请求凡八旗庄头余地、荒地，丈出给民人耕种。"康熙皇帝听了很不高兴，撤了金世鉴的职。新任奉天府府尹王国安赴任时，康熙皇帝对他说："奉天田土，旗人与民人疆界早已丈量明白，旗下余地先交给庄头管理，待满洲人慢慢多起来，再把这些地给他们耕种。不久前金世鉴奏请将旗下余地都给百姓耕种，眼光何其浅陋也！"其实，旗人与民人田地疆界丈量得再如何明白，旗人的田地也都是从汉人手里抢夺过去的。

倘若公允论之，则是汉官满官都有行奢侈之风的。康熙皇帝就曾数落"索额图巨富，通国莫及"，并斥责索额图没有管好弟弟心裕和法保，说心裕"素行懒惰，屡行空班"，法保"系懒惰革职随旗行走之人，并不思效力赎罪，在外校射为乐"。可见，满官的不肖，康熙皇帝并非不知道。这位皇帝常说自己满汉官员一体同仁，事实上仍是护着满官的。

但汉官们的可恶，却是不但贪图享乐，还要装点道学门面。康熙皇帝经常谈到汉官们的虚伪，有次就说了："道学者必在身体力行，见诸实事，非徒托之空言。今视汉官内务道学之名者甚多，考其究竟，言行皆背。"康熙十九年（1680）十月，帝命大臣们推举廉吏，大学士冯溥便说，顺天府府尹文远清廉，"其家甚贫"。康熙皇帝见多了汉官中的假道学，说："汉官贫富亦甚难知，必于原籍访问方得其实。且清廉原不在贫富，谓富者必贪，而贫者必廉，可乎？亦视其人居心何如耳！"康熙皇帝于世道人心是极练达的。

朝廷自然是喜欢清官的，但装扮清官的招数却是五花八门。康熙皇帝看得很清楚，说："所谓清官，不过分内不取而巧取别项，或本地不取而取偿他省。更有督抚托所欲扶持之人，暗中助银使其掠取清名，二三年后随行荐举。似此互相粉饰，钓誉沽名，尤属不肖之极。"康熙皇帝说的是有些督抚暗中寻求金主，偷偷捞钱却假扮清官，两三年后看机会提拔重用行贿的人。

汉官好名，有时几入滑稽之道。时有蓟州知府杨天佑据说官声颇好，当地百姓遍贴歌谣称颂。康熙皇帝看了那些呈上来的歌谣，心里就明白了，说："地方官员果能爱养百姓，实心任事，声誉自然著闻，不在各处粘贴歌谣，且闾阎小民亦不能为文。朕观其称颂德政之文，俱系大计考语，愚民何由而知？此必杨天佑自行买名，定非实事。"所谓大计考语，即朝廷考核官员的评语，老百姓如何看得到呢？朝廷派员查问清楚，那些满大街称颂知府德政的歌谣，确系杨天佑自己粘贴的。想那杨知府自己或派心腹夜里偷偷跑到街上去贴小抄，真是可叹可笑！

二

官有花样百出扮清廉的,更有明着就是要捞钱的。康熙皇帝曾责备汉官"嘱托公事,肆意妄为,外播威势,挟制多端",说的是汉官只要手中得了差事,就置国法民生于不顾,想怎么干就怎么干,到外头拉虎皮当大旗,耀武扬威,不可一世,制造矛盾,多生事端。如此乱搞一气,不惟为了逞威风,更是为了捞好处。水弄浑了,才好摸鱼。

地方受灾了,报不报灾,如何报灾,都有文章。如实报了大灾,朝廷便免税赋。地方无税赋可收,官员就没机会捞钱。所以,百姓受灾无收,官员多故意隐瞒不报,不管百姓死活,只为照例征取钱粮,以图火耗之利。康熙年间,山东、陕西灾害频仍,当地官员常在报灾这事上打如意算盘。皇帝早已洞悉情弊,曾于康熙四十四年(1705)第五次南巡途中说过:"山东出现大饥馑,只因地方各官匿灾不报。向日陕西饥荒,亦由于地方官匿灾不报闻。朕曾问百姓,地方官为何匿灾不报?据老百姓说,地方一遭灾,朝廷即免税赋。不征税赋，地方官就得不到火耗之利。故地方官隐灾不报也。"当然，这些督抚，有汉官，也有满官。

　　大灾不报是为了捞钱，小灾大报也是为了捞钱。早在康熙四十二年（1703），也是因山东受灾，朝廷即行赈济，除留漕米五十万石平粜外，又派八旗官员三百人，共携银两三十万前往救助灾民，并派出三路官员巡察救灾情况。康熙皇帝还传旨山东在京官员，说："你们山东大臣庶僚及有产业的富人要体恤穷人。像这样的荒歉之年，你们虽做不到大为拯济，但若能减轻田租等项，各自赡养你们的佃户，不但对老百姓大有恩惠，你们的田地日后亦不致荒芜。"康熙皇帝这番话极合人情物理，并不唱官员当爱民如子的高调。但事后皇帝却查明，该年山东是小灾大报。原来巡抚王国昌和布政使刘皑素有钱粮亏空，故夸大灾情奏报，意欲巧图完补。为骗取朝廷银钱，王国昌和刘皑买通言官李发甲条奏，编造山东因为灾害而致"盗贼蜂起，人民相食"的虚假民情。用康熙皇帝的话说，王国昌和刘皑的目的是希望朝廷"或开事例，或拨银两，因于其中侵蚀。托言赈济而实欲完补亏空，以施鬼蜮之谋"。所谓开事例,就是以工代赈,朝廷要是拨银两下来,官员就有捞钱机会。

官员领了赈灾的差,便想方设法侵吞赈饥粮及蠲免钱粮。先是,陕西因受大灾,朝廷拨款救济。康熙三十八年(1699),川陕总督吴赫被人控告,侵蚀朝廷借给民间的种子银两四十多万。查了两年多,虽说吴赫并未贪得民间种子钱,其下属知州、知县、同知等却侵吞了十多万两银子。吴赫对属官失察亦是有罪,况且他自己并不干净硬朗,最终因别的案子议罪革职了。老百姓怕天灾,官员却盼天灾,此为当时官场怪事。只要有钱可捞,管他洪水滔滔!

官员手里接了官司,即想着如何从中诈赃取财。有官司就有生意,从堂官、主簿、衙役、典狱到讼棍,都有油水。比如,"三藩之乱"平定之后,一时间处理逆产成了官员捞取钱财的好机会。广东巡抚金俊便借查处尚之信逆产,使尽种种手段,设下重重圈套,侵吞钱财达九十多万两银子。康熙皇帝派员去查案子,派去的官员马上伙同贪污,如同飞蛾赴火。再派员反复纠查,最终金俊等满汉官员八人处斩监候,另有处绞监候、革职若干人。云贵总督蔡毓荣攻下云南,查处逆产是其职分，但他不但侵吞吴三桂家产，还把本应入官的吴三桂孙女霸占为妾。事隔五年，蔡毓荣的罪行才败露。为着白花花的银子，官员们时常忘记肩膀上的脑袋原是可以掉下来的。

三

仕途门径很多，康熙朝最光鲜的法门是讲道学。道学若能讲到皇帝面前，颇能得国士之名。康熙皇帝八岁登基，亲政时也才十四岁。冲龄践祚的皇帝，学问见识尚在稚浅，必定拜服有学问的大臣。此亦人之常情。当时，大臣们向康熙皇帝进讲道学者很多，熊赐履是最早因讲道学而得宠的汉大臣。康熙六年（1667）六月，时任内弘文院侍读的熊赐履上奏说："如今百姓负担重，原因在于私派倍于官征，杂项浮于正额，朝廷减免的钱粮都被官员侵占而百姓空负其名，赈济钱粮也被官员吞没而百姓贫困加重。所以，要派清廉官员为督抚，贪污不肖者立予罢斥。"

因为有着道学家的名望，熊赐履奏事皇帝更能听得进去。于是，这位侍读官又指出朝廷急需解决四大问题，都是基于弘扬道学的："政事纷更而法制未定，职业堕废而士气日靡，学校废弛而文教日衰，风俗僭侈而礼制日废。又请选耆儒硕德、天下英俊于皇帝左右，讲论道理，以备顾问。"康熙皇帝后来坚持几十年的经筵日讲，同熊赐履此番倡言大有关系。这是后话。此时正是鳌拜专权，他自己对号入座，硬说熊赐履这些话，实是参他这位辅政大臣尸位素餐，请皇帝将熊先生以妄言罪论处，并从此禁止言官上书陈奏。康熙皇帝不许，对鳌拜说："彼言国家大事，同你何干？"从此，熊赐履更深得皇帝宠信。

熊赐履在皇帝面前偶尔会说几句貌似不恭的直话，很能讨皇帝信任。康熙十一年（1672）四月初九，熊赐履奏曰："昨年皇上谒陵，大典也。今年同太皇太后幸赤城汤泉，至孝也。但海内未必知之，皆云万乘之尊，不居法宫，常常游幸关外，道路喧传，甚为不便。嗣后请皇上节巡游，慎起居，以塞天下之望。"康熙皇帝听了这番道学之言，似乎有些愧疚，说："朕知外面定有此议论。"想必皇帝会暗自欣喜，遇上难得的直谏大臣。

说说皇帝听得进的真话，更能博取宠信。康熙十一年十月十六日，帝召熊赐履问道："近来朝政何如？"但凡官场老手都明白，皇帝这么问话，多是想听好消息。熊赐履却不仰体圣意，奏曰："盖奢侈僭越至今日极矣！官贪吏酷，财尽民穷，种种弊蠹，皆由于此。"康熙皇帝听了，并不言语，又问道："如今外面盗贼稍息否？"听皇帝这般口气，明摆着是想听几句好话了。熊赐履颇有些逆龙鳞之意，回奏道："臣阅报，见盗案颇多，实有其故。朝廷设兵以防盗，而兵即为盗；设官以弭盗，而官即讳盗。官之讳盗，由于处分之太严；兵之为盗，由于月饷之多克。"熊赐履低头言毕，知道皇帝可能不高兴了，又说："今日弭盗之法，在足民，亦在足兵；在察吏，亦在察将。少宽缉盗之罚，重悬捕盗之赏。"皇帝明显脸面上有些下不来，但到底体谅熊赐履孤忠可悯，勉强说了两个字："诚然。"

同年十二月十七日，康熙皇帝又同熊赐履讨论治国之道，说："从来与民休息，道在不扰，与其多一事，不如省一事。朕观前代君臣，每多好大喜功，劳民伤财，紊乱旧章，虚耗元气，上下讧嚣，民生日蹙，深为可鉴。"康熙皇帝已经把道理讲得很明白了，熊赐履却还要阐发几句，颇有些指点皇帝的意思："但欲省事，必先省心；欲省心，必先正心。自强不息，方能无为而成；明作有功，方能垂拱而治。"这一年，康熙皇帝十八岁，熊赐履三十七岁。听了这位比自己大十九岁的道学家大学士的话，康熙皇帝只好说："居敬行简，方为帝王中正之道。尔言朕知之也。"康熙皇帝倒也从善如流，一副深受教益的样子，换成现代汉语，便是"您讲的道理朕懂了"；或可换作通俗台词："先生所言极是，朕受教了。"但是，第二年吴三桂就反了，"三藩之乱"骤然爆发。于是，康熙皇帝从十九岁开始，宵衣旰食，朝乾夕惕，备尝艰辛，直到半个世纪后驾崩，哪里是熊赐履说的"无为而成""垂拱而治"那么轻巧！

皇帝眼里的道学并不是纯粹的学问，而是经世治国的道理。康熙皇帝顶礼推崇朱熹，认为只有朱子重释过的儒学，才是道学的正宗根底。康熙皇帝曾提议把朱子入祀孔门十贤之后，大臣们觉得不妥，编了理由说："相隔千余年，只怕朱子自己会不安的。"大臣如此说，康熙皇帝只好放弃自己的想法。偶有不识时务的大臣，奏对时质疑朱子学问，竟被康熙皇帝严责查办。

但康熙皇帝自己赏识的道学家，一旦当差出了毛病，其学问也都不对了。康熙十五年（1676）七月，熊赐履票签出了错误，却又诿过于别人，被革职。票签出错本已致罪，诿过于人则是品行有亏。诿过是自古帝王常犯之病，康熙皇帝却最恨诿过于人，曾说："朕观前史，如汉朝有灾异见，即重处一宰相，此大谬矣。夫宰相者，佐君理事之人，倘有失误，君臣共之，竟诿之宰相，可乎？或有为君者凡事俱托付宰相，此乃其君之过，不得独咎宰相也。康熙十八年（1679）地震，魏象枢云有密本，因独留面奏，言：'此非常之变，惟重处索额图、明珠，可以弭此灾矣。'朕谓此皆朕身之过，与伊等何预？朕断不以己之过移之他人也。魏象枢惶遽不能对。吴三桂叛时，索额图奏云：'始言迁徙吴三桂之人，可斩也。'朕谓欲迁徙者，朕之意也，与他人何涉？索额图悚惧不能对。朕之一生岂有一事推诿臣下者乎？"由是观之，熊赐履被革职，深层原因可能是他诿过于人，此行为同道学家相悖。康熙皇帝多年后旧事重提，说："熊赐履著《道统》一书，过当之处甚多。"

君王好谀，自古而然。康熙皇帝却是个例外，不太听得进拍马屁的话，曾说过："人间誉言，如服补药，无益身心。"

康熙二十年（1681），"三藩之乱"平定，朝廷要祭告天地、社稷、祖宗，并诏告天下。汉大臣们起草文告，说平乱摧枯拉朽，全赖皇帝一人之功德。康熙皇帝看了，立马指出：此非朕一人能成之功德，亦非容易成功之事，文告重新起草！

同年，因"三藩之乱"平定，大臣请康熙皇帝上尊号，不许。康熙二十六年（1687）一月，喀尔喀蒙古土谢图汗察罕、车臣汗纳尔布等会盟成功，奏请上皇帝尊号不许，谕曰："自兹以后，无相侵扰，亲睦雍和，永享安乐，更甚于上朕尊号也。"康熙四十一年（1702）十二月，诸大臣及监生百姓以明年为皇帝五十诞辰，请上尊号，再三奏请终不许。皇帝说："朕以实心为民，天视天听，视乎民生，后人自有公论。若夸耀功德，取一时之虚名，大非朕意，不必数陈。"康熙五十年（1711），诸大臣又以皇帝在位五十周年，又逢皇帝寿辰，请上尊号。皇帝又不许，说："请上尊号，特虚文耳，于朕躬毫无裨益。"皇帝上尊号乃古制，亦是巩固皇权的必要手段，但康熙皇帝先后八次拒上尊号，故一生无尊号。乾隆皇帝功德远不及其圣祖，却上了长长的尊号：法天隆运至诚先觉体元立极敷文奋武钦明孝慈神圣纯皇帝。

康熙皇帝经筵日讲几十年不辍，不但虚心听经筵讲官进讲，有时自己还亲自讲授。康熙皇帝既穷通国学，又好习西洋之学，甚至选育出良种水稻。有一次，康熙皇帝向大臣们讲论天文、地理、算法、声律之学，诸臣赞颂："皇上天授，非人力可及。"康熙皇帝说："如此称誉，掩却朕之虚心勤学矣！朕之学业，皆从敬慎中得来，何得谓天授、非人力也！"

康熙朝治理黄河颇有成效，河工是康熙皇帝最关心的事。皇帝六次南巡，往还多为河工。沿黄河紧要工程，康熙皇帝必亲授治河方略，亦曾夜晚冒雨巡视河堤。康熙四十年（1701）三月，河道总督张鹏翮请将皇帝有关治河谕示及事宜，由史馆编纂成书。康熙皇帝觉得不妥，说："大约泛论则易而实行则难，河性无定，岂可执一法以治之。惟委任得人，相其机宜而变通行之，方有益耳。今不计所言所行后果有效与否，即编辑成书，欲令后人遵守，不但后人难以效行，揆之己心亦难自信。今河工尚未告竣，遽纂成书可乎？"

康熙皇帝此类不邀功、不喜谀的事，可见于史料者极多。康熙二十六年（1687）六月初七，皇帝为教育太子之事，晓谕大学士们："朕观古昔贤君，训储不得其道，以致颠覆，往往有之，能保其身者少。""尔等宜体朕意，但毋使皇太子为不孝之子，朕为不慈之父，即朕之大幸矣！"

汤斌也是道学家，时任工部尚书，又在詹事府当差。他听了皇上谕示，立马奏对："皇上豫教元良，旷古所无，即尧舜莫之及。"詹事府，即培养皇储的机构；元良，指的是皇太子。

康熙皇帝听了汤斌这话，很是生气，斥责道："大凡奏对贵乎诚实，尔此言皆谗谄面谀之语。今实非尧舜之世，朕亦非尧舜之君，尔遽云远过尧舜，其果中心之诚然耶？"又说："大凡人之言行，务期表里合一，若内外不符，实非人类。"

康熙皇帝并不认为自己治理出了尧舜盛世。且说一件后来发生的事情。康熙四十三年（1704）十一月，皇帝为着修明史的事作文晓谕诸臣："朕四十余年，孜孜求治，凡一事不妥，即归罪于朕，未曾一时不自责也。清夜自问，移风易俗，未能也；躬行实践，未能也；知人安民，未能也；家给人足，未能也；柔远能迩，未能也；治臻上理，未能也；言行相顾，未能也。"但凭公论之，康熙皇帝治国是很有成就的，惟其虔敬谦恭而已。往日的少年天子，此时亲理朝政已整整四十年，其间平定"三藩之乱"花了八年，收复台湾花了两年，征剿噶尔丹花了九年，而四十年间都在治理黄河。正是这一年，河工告竣，黄患暂息，黎民称颂。

康熙朝，当面谀今，会被治罪。汤斌面谀皇帝没多久，詹事尹泰入奏："汤斌学问平常，年又衰迈，恐不堪此任。"皇帝说："俟再过数日裁之。"没多久，康熙皇帝就把汤斌打发回老家了。事隔多年，康熙皇帝说起汤斌，颇为讥诮："昔江苏巡抚汤斌，好辑书刊刻，其书朕俱见之。当其任巡抚时，未尝能行一事，止奏毁五圣祠，乃彼风采耳。此外，竟不能践其书中之言也。"

历史真相是唯一的，但历史演绎则是万花筒。时人眼里，汤斌颇多堂皇之言，俨然狷介之士；又经后人重重描画，汤斌雍正朝入贤良祠，道光朝从祀孔子庙。到了近代，刘师培说汤斌"觍颜仕虏，官至一品，贻儒学之羞"，邹容则责其为"驯静奴隶"。

四

中国自古讲究乡绅治理，致仕归田的官宦多为掌地方教化的乡绅领袖。但到康熙朝，闾阎风气大坏，很多乡绅已不是往日乡贤。康熙皇帝看出来了，说："朕观各大臣居乡，守分宁静者甚少，非强占民间地亩，即霸据贸易要津，似此扰害地方，敛怨人民之事，朕已洞悉。"康熙皇帝经常谕示地方官，对致仕居乡大臣要不时存问。所谓"存问"，明里是皇恩，暗里是监视。康熙四十八年（1709）三月，江宁织造曹寅遵旨密奏致仕大臣熊赐履在江宁居家情形："熊赐履在家，不曾远出，其同城各官有司往拜者，并不接见。近日与一二秀才陈武循、张纯及鸡鸣寺僧看花作诗，有小桃园杂咏二十四首，此其刊刻流布在外者，谨呈御览。因其不与交游，不能知其底蕴。"康熙皇帝对熊赐履应该很放心，朱批："知道了，并诗稿发回。"不过熊赐履故世以后，康熙皇帝倒也念及当年的熊老师。大臣李光地在其《榕村语录》中记载："上时屡云，熊某之德何可忘？我至今晓得些文字，知些道理，不亏他，如何有此？"人君重情如康熙皇帝，倒是极少见的。

熊赐履算是安分居家的大臣，但更多官员还乡却是不甘寂寞的，弄不好就闹出事来。高士奇和徐乾学是我在《大清相国》里着墨颇多的人物，面目不怎么像样子。高士奇深得康熙皇帝宠信，也因他是当时有名的读书人。

康熙皇帝是认高士奇做老师的，故对其隆恩有加，曾对大臣们说："自从有了士奇，朕始知学问门径。起初见士奇得古人诗文，一看即知其时代，朕心里颇觉得奇怪。后来，朕也能做到了。士奇虽无战功，却得朕厚待，就因他对朕学问启迪太大了。"

高士奇却仗着皇帝信任，专干交结疆臣、里外呼应、招摇纳贿的勾当。我在《大清相国》里写他勾结钱塘老乡俞子易做生意侵吞民财，故事虽有虚构，却并非无凭无据。史载，当时受他恩惠的官员必以重金相赠，未受他恩惠的官员也得送"平安钱"。但凡须送"平安钱"供着防着的人，绝非君子。我把高士奇家宅子起名"平安第",源即于此。高士奇在朝廷毕竟根基不深,常常有人告御状。康熙皇帝却顾念师生缘分,每每包庇袒护。《清史稿》评论高士奇的原话是:"乃凭藉权势,互结党援,纳贿营私,致屡遭弹劾,圣祖曲予保全。"正因康熙皇帝"曲予保全",才让高士奇得势多年。康熙二十八年(1689)九月,左都御史郭琇疏参高士奇:"日思结纳诌附大臣,揽事招摇,以图分肥。凡内外大小臣工,无不知有高士奇之名。高士奇本为觅馆糊口之穷儒,而今开缎铺,置田产,大兴土木,修整花园,已成资财数百万之富翁。试问金从何来?无非取之于各官;然官从何来?非侵国帑,即剥民膏。"终于,因告发高士奇的人实在太多了,康熙皇帝只得打发他"原品休致"回家养老了。

投靠是背叛的开始。今日为着利益投靠,明天必定为着利益背叛。徐乾学便是个不断投靠的人,亦是个不断背叛的人。先是,明珠与索额图各结党羽,徐乾学投在明珠门下。明珠公子纳兰性德的词世所公认,王国维评价说:"纳兰容若以自然之眼观物,以自然之舌言情。此由初入中原,未染汉人风气,故能真切如此。北宋以来,一人而已。"但纳兰性德二十岁那年，就编纂刊刻了皇皇巨著《通志堂经解》，收录自先秦到唐、宋、元、明历代经解共138种，总计1800卷。此非天才不能为也！一百多年后，乾隆皇帝说出了真相："成德以幼年薄植，即能广搜博采，集经学之大成，有是理乎？更可证为徐乾学所裒辑，令成德出名刊刻，藉此市名邀誉，为逢迎权要之具也。"成德即是性德。纳兰性德需要装点学问门面，未必没有深层政治原因。原来，康熙十六年（1677）十月，皇帝对大学士们说："朕不时观书写字，近侍内并无博学善书者，以致讲论不能应对。今欲于翰林内选择二员，常仕左右，讲究文义。"是为康熙皇帝设立南书房的来历。纳兰性德想做个博学善书的侍卫，也许是他自己的想法，也许是其父的想法。徐乾学既然在明珠门下行走，自然要送上大礼。用现在的话说，代人刻书就是学术做假。徐乾学的学术品格，从来就被人诟病。梁启超在《中国近三百年学术史》中指徐乾学为"学界蟊贼，煽三百年来学界恶风"。但是，到了康熙二十七年（1688），皇帝洞悉明珠卖尽了朝廷的官帽子，想对明珠动手了，徐乾学马上投入打击明珠的阵营里去了。

徐乾学是皇帝身边的文学侍从，外官多想与之交结；但在禁宫做官毕竟清寒，徐乾学便广结内外大臣，干些污浊事以渔利。徐乾学同高士奇朋比为奸，时有民谣说："九天供赋归东海，万国金珠献澹人。"东海是徐乾学的号，澹人是高士奇的字。

徐乾学既得皇帝宠信，又有权臣奥援，根基极是稳固。康熙二十七年，湖广巡抚张汧因贪污被查，供出自己曾向徐乾学行贿请为打点疏通。康熙三十年（1691），徐乾学被查出写信给山东巡抚钱钰，请为贪赃潍县知县朱敦厚销案。同年，江南江西总督傅腊塔疏参徐乾学纵其子侄家人作恶，列举招摇纳贿、与民争利等劣迹共十五款。

徐乾学多年间屡被参劾，康熙皇帝均"留中不发"，只因爱惜文才，特为庇护。康熙皇帝曾专门嘱咐吏部，倘若巡抚出缺选人，不可放徐乾学外任，要把他留在身边侍从。终于，都察院左副都御史许三礼参徐乾学："既无好事业，焉有好文章？应逐出史馆，以示远奸。"康熙皇帝听了这话，只好打发徐乾学回家修书。回到闾阎间，徐乾学便是皇帝说的那类不"守分宁静"的居乡大臣。

第三辑

仁者・君子・凡人

找个地方打铁去

　　当吃药成为时髦，疗救的不但是人，世道也必是病了。《红楼梦》里，宝玉见了女孩子，必定要问道："妹妹读什么书，吃什么药？"大观园里的少爷小姐们相互赠药，也是风雅的事。荣宁两府天天念着吃药，不光是人的身子弱了，家族的气数也渐渐到了尽头。魏晋名士都爱吃药，恰恰是遭逢乱世。何晏发明了"五石散"，据说可以补精益气。这种神秘的药，不过是拿紫石英、白石乳等五种矿物质熔炼，熬成粥状服食。此药性酷热，药效一旦发作，皮肤如有火烧，服药者须着宽袍大袖。魏晋人物仙裾飘飘，实在同吃药关系极大。那会儿的人若没吃过"五石散"，绝算不上富贵高雅。嵇康在魏末乱世是个异数，他虽然"常修养性服食之事"，专门写过《养生论》，但并不主张胡乱吃药。他以为"神仙禀之自然"，只要导养得理，必定寿比彭祖。他相识的一位叫王烈的名士，却是个地道的养生狂人。王烈于山中偶得一物，"石髓如饴"，视为珍宝。他自己吃了一半，留下一半要送与嵇康吃。可惜那东西还没送到嵇康手里，就已凝固成石头了。嵇康却是养生得法，又终年打铁，身体很强壮。若不因钟会进谗被害，嵇康必定长寿。

王烈吃了那种软石头是否立马毙命，未见书上记载。王烈只是见这东西神奇，就想当然地吃将起来。中国古人吃药，多是想当然吃起来的。有吃对了的，有吃得莫名其妙的。人参长得像人，吃了必定大补。这也许是吃对了。月季因为月月开花，必定可治妇人经血不调。医典是这么说的，但是否真有效验，不得而知。前几年在大陆很红的台湾林博士，深得古人真传，有很多想当然的高论。比方，他说人又不是牛，怎可喝牛奶呢？又说，凡瓜果的营养，多半都在皮上。婆婆姥姥奉他若神明，信他天天吃香蕉皮。若不是台湾那边将此人判了刑，香蕉皮会成大陆支柱产业。那该拉动多少内需，判了此人的刑实在是可惜了。林博士跟古人的不同也许在于，王烈自己会吃软石头，林博士却不会吃香蕉皮。王烈不会拿软石头卖钱，林博士却四处赚讲课费。如此，可见今人比古人机巧，却病得更重。

往书店里走走，两类书最畅销。一类是教你赚钱的财经书，一类是教你活命的养生书。既想多多地赚钱，又想久久地赖着不死，便是这世间的病。这世间的病很多，别的病就不去说了。我不懂赚钱，那些财经书说得是否有理，无从知道。我也不懂养生，那些养生书说得是否有理，也无从知道。倒是见识过写养生书的人，知道他们自己就是大病。曾与某养生大师同桌吃饭，那人下马威似的盯我良久，又拿过我的手去捏了捏，神乎其神地说了我的病。我有的病他没说，没有的病他乱说。我还算是个厚道人，忙拱手道了感谢，并不当众点破他。哪知他越发得意，我祖上几代的病他都说了，像个半仙，铁口直断。于是，从我祖辈到我自己都没犯过的心脏病，成了我家的家族病。他的养生书很好卖，还常在电视里做节目。若在台湾，他也许会被抓去判刑，就像那位林博士。

我便发现，形形色色的林博士，仍在道上混着。很多的养生书，多属江湖术士的胡言。他们还办各种讲座，形同传授神秘功法的大师。看了他们的书，听了他们的课，日子就过得神神道道。吃什么，不吃什么，天天跟踩地雷似的。生病不必看医生，揉揉捏捏就会自愈。揉和捏必定有神秘数字，不外乎三十六次，或七十二次。我总是不肯相信，多一次或少一次，真会死人吗？有位美女养生专家，教人生吃泥鳅治胃病。一患者如法身试，吞了几条生泥鳅，险些送了小命。

多年前，我也听信别人的话，吃上某种中成药，据说可补东补西。那药出自百年老字号，名头听起来很大。哪知吃了三月，满身无名肿毒。我整个夏天羞于脱衣，不敢下泳池。从此，不再轻易信药。再听人说吃树皮、吃树叶，更不敢相信了。

倒是想学那嵇康，找个地方打铁去。

仁者・君子・凡人

　　读书是需要人生经验的。我早些年捧着一本《论语》，只觉得古奥难懂。直到在人世间栖栖然走过了一程，再重新读这本书，方才略略参悟了孔门学问的些许玄机。

　　孔门学问的最高境界是仁。众弟子多次问仁，但孔子从未对仁下过一个定义，只是教弟子们怎么去做。勉强换算成现代语汇，就是教弟子们做到真善美。比方说"刚毅木讷，近仁也"。一个人是怎样便是怎样，哪怕呆头呆脑都没关系，如果刻意地表现，就是"巧言令色，鲜矣仁"了。子路是孔子的得意弟子，他穿着粗布衣服，同身着华服的贵人们站在一起，从容不迫，不卑不亢。孔子对此大为赞赏，认为这只有子路才能做到。我想是他心中有仁，用不着拿外在的东西来文饰。这看似平常，我们大多数人未必做得到。我们在西装革履的阔人面前如果捉襟见肘，多半会露出窘态来。

仁的境界不是很容易达到的。孔子弟子三千，贤者七十，他从未说过谁成了仁者。颜回"三月不违仁"，已经很不错了。所以孔子叹道："吾未见好德如好色者也！"千古喟叹，遗憾无限；物欲之弊，于今为烈。人们难以达仁，不在仁的虚无缥缈，而是人们实在很难逾越声色犬马的欲壑。说到底，人总是俗物，很难真正达到仁的境界。世上是否有过真正的仁者，是值得怀疑的。但人应常怀仁心，所谓"虽不能至，心向往之"。这便是"为仁由己"的意思，而且"我欲仁，斯仁至矣"！

孔子实在很通达，他知道要求所有人都成仁者，太不现实了。于是他退而求其次，又教人做君子。君子不一定就是仁者，但对仁应念念不忘。所谓"大德不逾闲，小德出入可也"，这大概是对君子的道德要求吧。孔子的另一位得道高足子夏说，君子"观之俨然，即之也温，听其言也厉"。这或许就是君子的外在气度：看上去庄敬，叫人不敢轻慢；接近他又很温和，不是拒人千里之外；听他的言论，则严肃认真，使人折服。做到这一点，需要仁的深厚修养，不是我们经常看到的那种装腔作势。所以恪守仁道，自成君子。

孔子的学问不是人们误解的那样刻板，而是很活泛、很练达的。我们凡人学了，也大有裨益。比如同上司相处，孔子讲究平淡为宜。他说："事君尽礼，人以为谄也。"这里教人谨守臣道，不必过于拘礼。可我又常常拿不准这话是否说得有理。现在那些做上司的，唯恐下面不敬，偏要有意摆出股威风来，你越是唯唯诺诺他越是感觉良好。你想让上司高兴，就不要怕人家背后说你是马屁精。孔子又告诫人们说："信而后谏，未信，则以为谤也。"但很多耿直的人并不懂得这个道理，他并没有进入上司身边的小圈子，却自以为无私无畏，就直言不讳，结果成了故意同上司过不去的人。须知如今你想讨得上司信任，并不在乎你光明磊落，而是"功夫在诗外"。自然，这是令人觉得悲哀的。

许多人生道理须得亲历，甚至要以一生的苦难为代价才能悟出，往往单靠读书是看不破的。可看破了又未必好，到头来洞明了世事精微，却消磨了英雄气概。

说一种历史逻辑

孟子被尊为亚圣，后人没有不知晓的。而与孟子同时代的大学问家邹衍就鲜为人知了。还有苏秦，幸好他有勾连六国、合纵拒秦的事功才让后人记起，不然也会默默无闻。可今人哪里知道，当时吃得开的偏偏是邹衍、苏秦之辈，孟子却是备受冷落。当时诸侯割据，战争频仍，一些学问人便游说诸侯，争相兜售自己的学说，以图济世救民。最风光的当属邹衍。他到梁国，梁惠王亲自到郊外迎接；去赵国，平原君侧着身子伴行，并用自己的衣服把他的座位擦干净；上燕国，燕昭王不仅恭迎到国界，而且亲自替他清扫道路。一个学问人，为何受到如此高的礼遇？原来邹衍谈的是阴阳玄妙之术，各国君主听了觉得高深莫测，几乎把他视若神人。苏秦讲的是攻伐之道，正是诸侯们安邦自保，或图霸天下所需要的。苏秦受到各国诸侯礼待，居然身佩六国相印。中国历史上，像邹衍、苏秦这么神气过的读书人没有几个。

可是孟子就可怜了。那位亲自去郊外迎接邹衍的梁惠王见了孟子，连先生都不愿叫，只叫他"叟"：老头儿，你不远千里到我这里来，不知你有什么办法为我国谋利？孟子得孔门真传，怎么会开口就是利？于是他回答说：为什么要讲利？有仁义就行了。孟子便把仁义之道说了一通，叫梁惠王但行仁义就够了。梁惠王哪里听得进这些东西？便以为孟子迂阔。

好在最后发言的是历史。受到万世尊崇的并不是邹衍，也不是苏秦，而是曾经落寞不堪的孟子。现世浮华与万世尊荣总是绞不到一起去，这似乎是条教人无奈的历史逻辑。现世总是势利的，只能让圣贤们备受苦难，正如唐玄宗感叹的："夫子何为者？栖栖一代中。"

孔子也罢，孟子也罢，他们不论生逢何世，命运永远不会好的。因为现实中的人们永远都是短视的。孔子的弟子子贡懂得经营之道，赚了不少钱，就连孔子晚年的生活也是靠他周济的。于是就有人拍马屁，说子贡的学问比老师的还要好。好在子贡毕竟是孔子高足，太了解自己的老师了，就对人说：你们哪里知道，我好比小门小户的房子，院墙太矮，人们一眼就可以看清里面的家当。所以你们说我了不起。而我的老师，就像一座富丽堂皇的宫殿，宫墙太高，人们不知道里面是如何的豪华高贵，而且你围着宫墙绕一圈，连门都找不到。我怎么可以同我的老师比呢？

有时我恍惚间会觉得自己正身处孟子时代。身边冷不防就会冒出个神人，虽说他们斗大的字认不得几个（更别说有邹衍的学问了），可他们却是风光不让古人。他们能够呼风唤雨、左右逢源，全因为他们有一套再实用不过的谋生手段。但是否也有人全然不顾现实的冷酷，在追求一种他们认为是高尚的东西呢？我想一定是有的。只是这种人不仅没有现世的荣华，还会被自命不凡的庸人看作傻子。

但历史自有它幸运的一面，总会有些人不在乎过眼烟云，他们来到这个世界只是为了天下苍生。譬如宋代大儒张载说的："为天地立心，为生民立命；为往圣继绝学，为万世开太平。"人类也因此而总有光明。

越写越偏题

忽然想起那年在黄州赤壁见到的东坡老梅石刻，就像着了魔似的。那梅枝亦如东坡书法，用墨极满，很得神韵。也许是哪个月白风清之夜，东坡喝了几口黄酒，畅快淋漓，就画了这老梅。

黄州是东坡贬谪生涯的起点，之后他便越贬越远，直被流放到远离帝都的海南岛。想当初，他高中进士，乐坏了皇帝老子和皇太后，以为得此栋梁，天助大宋。欧阳修料定东坡必成大器，对这位后生极为推崇，还特嘱自己的子侄多同东坡交游，可以长进些。东坡本是写策论之类官样文章的大手笔，可他却手痒，喜欢业余搞点文学创作。其实即便是搞点创作也无妨，写些什么"东海扬波，皇恩浩荡"之类，朝廷自会高兴。可他却是心里有什么就写什么，被人揪住了小辫子，闹了个谤讪朝廷的"乌台诗案"。官便升不上去了。我景仰东坡，多半是因了他可爱的性情。官不当就不当罢，诗照写，梅照画，酒照喝。其实据我见到的史料，东坡本不擅饮，只是常在诗文中过过干瘾罢了。喝酒是喝心情，东坡要的也就是酒能赋予的那份豪迈与狂放。读了东坡，便再瞧不起那类哀叹怀才不遇的愤世文字了。

传说东坡降世，家山皆童。因为东坡占尽天地灵气，连山上的树都长不起来了。这自然是民间演义。可东坡的确太杰出了。就因他太杰出，便注定他终身颠沛流离，受尽苦难。东坡的主要政敌是王安石。王安石作为北宋著名政治家、改革家早已定论，那么东坡的形象似乎就应打点折扣了。可历史也罢，人生也罢，并不是用如此简单的两分法就能说清楚的。其实东坡不但诗文好，政声同样好。如今人们都还在凭吊他的杭州苏堤哩！他同政敌的过节，不过是政见不同罢了。东坡的所谓不同政见，其实就是主张不同的治国方略，同样都是为了国泰民安。

不能不说到另一位历史名人沈括，王安石的铁哥们儿。我真不愿意相信这位令人尊重的科学家，在生活中恰恰是个地道的小人。他曾是东坡的朋友和同事，却设下圈套陷害东坡。东坡任杭州通判时，沈括奉旨去杭州出差。临行前，神宗皇帝还特意交代他："苏东坡通判杭州，卿其善遇之。"神宗皇帝嘱咐沈括好好待苏东坡，可他对皇上也阳奉阴违。沈括见了东坡，做出老朋友的样子，喝酒叙旧，称兄道弟，硬要东坡送近作一首，做个纪念。东坡是个真性情，哪会想那么多？于是欣然命笔，录旧诗数首，包括《山村五绝》和《吴中田妇叹》。其《山村五绝》云："竹篱茅屋趁溪斜，春入山村处处花。无象太平还有象，孤烟起处是人家。烟雨蒙蒙鸡犬声，有生何处不安生。但教黄犊无人佩，布谷何劳也劝耕。老翁七十自腰镰，惭愧春山笋蕨甜。岂是闻韶解忘味，迩来三月食无盐。杖藜裹饭去匆匆，过眼青钱转手空。赢得儿童语音好，一年强半在城中。窃禄忘归我自羞，丰年底事汝忧愁。不须更待飞鸢坠，方念平生马少游。"沈括回到驿馆，挑灯展卷，甚是快意。因为凭科学家的聪明脑袋，他立即发现苏诗中有讥讽朝政之意。"岂是闻韶解忘味，迩来三月食无盐。杖藜裹饭去匆匆，过眼青钱转手空。"邸报满载新政之后国泰民安，你苏东坡却写诗说民生凋敝，这是反诗啊！《吴中田妇叹》中的反意，则不用沈括注解了："今年粳稻熟苦迟，庶见霜风来几时。霜风来时雨如泻，杷头出菌镰生衣。眼枯泪尽雨不尽，忍见黄穗卧青泥。茅苫一月垄上宿，天晴获稻随车归。汗流肩赪载入市，价钱乞与如糠栖。卖牛纳税拆屋炊，虑浅不及明年饥。官今要钱不要米，西北万里招羌儿。龚黄满朝人更苦，不如却作河伯妇。"沈括也许暗自佩服东坡好诗好字，脸上却阴险地笑着。于是，一个牵连到苏东坡近四十位亲友和一百多首诗的"乌台诗案"，因沈括的告密而震惊朝野。东坡便大难临头了，下狱近五个月。幸好仁宗皇太后和神宗皇帝开恩，东坡才捡回了性命。不然，依那帮办案人员的意思苏东坡早就被问斩了，他们深文周纳罪名若干，条条都是死罪。通常恶人只是双手叉腰做横蛮状，而他牵着的那条狗却是要咬人的。走狗看上去往往比它的主人更凶恶，这既是生活常识，也是历史规律。

　　如果不做严谨的考据，我真怀疑王安石他们真的就把自己的政治抱负看得那么重要。在自己脸上贴上堂皇的大词标签，其实满脑子私心杂念，此类人古今都不鲜见。也许嫉妒或忌讳东坡的才华，才是他们打压东坡的真实原因？

东坡一路南流，诗文誉满天下。据野史记载，当时不管文武官员，还是白衣书生，都以能吟苏词为雅事。包括那些生怕东坡回京都做官的重臣，也乐于收集东坡诗文，只不过他们也许暗地里做着这种令自己难堪的事。当时的文坛巨擘欧阳修，早在东坡刚刚崭露头角时，就坦言自己读东坡文，不觉冒汗。欧阳修是位难得的仁厚长者。但那些位居要津的二流、三流或不入流的文字匠，越是喜欢苏文，就越是嫉妒苏才，当然不会让他回到皇帝身边了。当年东坡兄弟双双中了进士，仁宗皇太后欢喜得不得了，说为子孙找到了两个当宰相的料子。这话真是害死了东坡。暗地里等着想做宰相的人多得很哩，这里却明放着两个宰相料子，那还了得！东坡兄弟谁也做不成宰相，这是自然的了。仁宗皇太后说那样的话，整个就是政治上不成熟。

读书人总会怀念宋朝，因为赵姓皇帝对文人墨客实在太客气了。东坡最终未能得到重用，也不能全怪皇帝。皇帝不是一个人就能当得了的，总得大家帮着才行。皇帝有求于手下的重臣们，于是明知下面人的心思，有时也只好睁一只眼闭一只眼。下面的人也看出了皇帝的心思，于是沈括们才敢告密。皇帝耳根越软，告密的人就越多。自古就有很多人靠告密荣华富贵，也有很多人因为被人告密而祸从天降。更可叹的是，告密者总会不断告密的，一个卑鄙小人往往会陷害很多忠良。

想起一个告密未成的例子，可惜是外国的。当年法国作家萨特总是激烈地批评政府当局，有人就私下建议应该把这个狂妄的作家投入监狱。总统戴高乐却说：没有人把伏尔泰投入监狱，萨特也不该进监狱。戴高乐其实只说对了一半。伏尔泰年轻时因为思想激进，曾被关进巴士底狱。只是后来，他依然故我，却再也没有进过监狱，尽管他的一些著作被政府列为禁书。

伏尔泰的年代，中国正好是清康乾年间。那年头，文字狱闹得中国天昏地暗。伏尔泰倘若生在中国，只怕早被砍了头，哪能让他成为声名赫赫的哲学家、历史学家和文学家？那个年代中国倒是出了个曹雪芹，聊可安慰。但曹雪芹只好用他中国式的智慧，苦心孤诣，在《红楼梦》中"忽南忽北，非秦非汉"地捉迷藏，玩玩"原应叹息""假语村言"的智力游戏，不可能像伏尔泰那样奔走呼号，启迪民众于蒙昧。中国毕竟诞生了曹雪芹，这是我们的幸运；但我们毕竟缺少伏尔泰，这又是我们永远无法弥补的遗憾。

中国的历史逻辑都包含在浩如烟海的史书里。想那梁惠王没读过什么史书，就比较幼稚，居然在孟子面前承认自己有个毛病，就是好色。梁惠王明知道孟子是个读书人，就不怕他把自己写进书里去？果然这位国王的好色之德就流芳百世了。我见过一位清朝皇帝选美的诏书，满纸"普选秀女，以广皇嗣"云云，皇帝老子的好色不再是毛病，而是国家大事了。而这个时候的皇帝，孟子也罢，东坡也罢，只怕都容不下了，尽管他们也吟着苏词，孟子仍然被尊作亚圣。

本来只想写写东坡的，却越写越偏题，成了这么一篇四不像的文章。

告别乱世英雄

从来都说时势造英雄。时势者何？乱世也！英雄辈出，必然血雨腥风。相反，乱世英雄无用武之地，才是苍生享太平之日。又所谓成也英雄，败也英雄；更所谓成者为王，败者为寇。那么，王也英雄，寇也英雄。

秦始皇扫六合而吞八荒，可谓顶天立地的大英雄。他的头是怎么顶到天上去的呢？原来他脚下垫着数百万生灵的头颅。史载，秦国破韩，斩首二十四万人；灭魏，斩首十三万人；败赵，斩首四十五万人；而杀人十万以下忽略不计，史家算账真是阔绰！须知当时华夏大地人口并不多，几万几十万地砍头，经不得几下砍的。难怪百姓古来自称草民！其命如草，割了又长！庆幸中国百姓命贱，不然早被乱世英雄们砍光了。

成功的英雄，哪怕成就了霸业，仍然还要杀人。秦始皇活埋儒士三百多人，这不是简单的杀人，而是搞文化事业。历代开国皇帝，登基后要做的头等大事，就是大杀功臣。不管是否帝制，只要是专制，概莫能外。哪怕治平之世，杀人仍是家常便饭。比方要开疆辟土，比方要削藩平乱，比方要搞文字狱。君王们需有这些文治武功，才配得上英主尊号。此等成者英雄，被正史、野史和民间传说渲染千百年之后，神武直追天人，叫野心家效法，让老百姓崇拜。也许最崇拜这类英雄的，反倒是皇帝们最爱杀的文化人。康熙、雍正、乾隆很重视文化建设，他们的重大举措首推砍文化人脑袋，杀戮之酷更甚于秦始皇。但是现在的文化人或许同当年被杀的文化人没有血缘关系，才把这三位皇帝捧为千古难寻的圣明之君，单说他们是英雄还嫌大不敬。我们只要打开电视机，就会看见康雍乾们龙行虎步，威风凛凛，爱戴之情，油然而生。

败了的英雄，远古如蚩尤、夏桀、商纣，晚近如李闯王、洪天王。远者古渺难考，近者如洪天王，史料汗牛充栋。洪秀全本想认真考个功名做做官的，可他资质太差，多次科考都名落孙山之后，最终精神失常，幻想自己是上帝之子，理应君临天下。于是装神弄鬼、纠合些愚顽无赖之徒，横行天下，打家劫舍。但凡洪秀全的所谓义军到过的地方，无不流血漂橹，哀鸿遍野。洪天王和他的太平天国英雄了十四年，而死于他们英雄伟业的百姓当以百万计算。仅石达开兵败大渡河，就有十万喽啰灰飞烟灭。不管死掉的是"天兵"或是"清妖"，无非是张大娘的儿子杀死了隔壁李大娘的儿子。此类同抢龙椅有关的战争，成与败，正与邪，都只是所谓英雄们的事，百姓们只有流血的份儿。

在汤因比眼中，英雄无异于野蛮。他说：蛮族驰骋在前一个文明的破碎山河之间，享受了一个短暂的"英雄时代"，但是这种时代没有开辟文明史的新篇章；尽管蛮族的神话和诗歌热情赞颂这种英雄业绩，几乎使后人无法弄清历史真相。汤因比作为历史学家，他的目光是冷峻的。他承认蛮族从历史舞台上清扫了僵死文明的碎片，但它作为英雄存在的任务仅仅是破坏。困扰中国历代王朝的五胡乱华，匈奴人席卷罗马帝国，蒙古人马踏欧亚大陆，等等，都让野蛮人拥有过昙花一现的"英雄时代"。而野蛮的"英雄时代"，则是文明社会拱手奉上的。倘若文明社会自己没出问题，蛮族是不大有可能趁势而入的。倭寇之患，明季为盛，就因为古老帝国自己渐渐露出了可欺负的地方。这里似乎走了题。我不管哪种文明优劣与否，只是排斥涂炭生灵的乱世英雄们。

或许国际恐怖分子也正在创造着英雄时代？不管汤因比是否将英雄时代打上引号，我关心的只是流血。我怀疑一切嗜血如狂的所谓英雄。从某种意义上讲，21世纪是以邪恶的方式开辟纪元的。战争作为人类最残酷的游戏，原本仍是有规则的。而本·拉登和他的"911"事件把这种罪恶游戏之中残存的一点点人性的东西都破坏了。本该神圣的宗教被亵渎，虔诚的教民被蛊惑，不论老人、妇女和儿童，都被送到了枪口之下。充当人肉炸弹残害无辜的宗教狂徒们，竟被本·拉登们赞赏为英雄。

老百姓不需要这样的英雄，他们只想过太平日子。文明理性的社会，只有芸芸众生，只有安静平和，只有爱和自由，只有对勤勉无私的国家管理者的尊重，没有所谓的英雄和对嗜血英雄的崇拜。

从女娲到女祸

中国最早的神应是女娲,《山海经》里说,女娲长得人面蛇身,日夜七十变。《说文》十二云:"女娲,古之神圣女,化万物者也。"女娲最大的功绩是抟黄土造人,创建各种文化业绩,比如炼五彩石补天、置神媒、制笙簧等等。女娲之功德可以说是上达九天,下至地府。

女娲那神圣光芒所照耀的便是辉煌灿烂的母系时代。若干年后,子虚乌有的未庄有位绝对真实的阿Q先生,他的崇高理想是要什么有什么,喜欢谁就是谁。可是在女娲之神庇佑的母系时代,女人们早就实现了阿Q式的男人们从未遂愿的理想。那时的女人们,拥有绝对的财产控制权、婚姻自主权、家庭分工权。真的是"要什么有什么,喜欢谁就是谁"。

不知是哪天,女娲时代就变成了"女祸时代"。一切似乎来得太仓促，女人还没来得及在历史上留下自己的声音，就无影无踪了。我们现在所知道的有限的几个女人，只有害得商朝亡国的妲己，害得周幽王丢失社稷的褒姒，害得陈国覆亡的张丽华，害得唐玄宗仓皇西逃的杨玉环。

孔子时代，大概女人已经很坏事了，老夫子摇头叹息说："唯女子与小人为难养也。""女人祸水"这话不知是谁发明的，流布甚广，几成公理。认同这话的，不光男人，更包括绝大多数女人，尤其是儿子讨了媳妇的年长女人。几乎所有妈妈教育自己的儿子都会说：远离漂亮的女人，那种女人是狐狸精、美女蛇，轻则害人，重则误国。不知功高盖世的女娲，为何偏偏要长得人面蛇身。或许正是神的先知先觉，她早已预见了自己若干世之后生必然演变成害人误国的美女蛇吧。中国的传统便是国破家亡，美女抵罪。男人们的勇武所在，就是为了天下苍生而把女人勒死，譬如唐明皇。男人们成就自己丰功伟绩的通常伎俩就是让祸水女人们去死，尽管他们慷慨地赐予女人们节妇烈女的名分。

神威无比的女娲到哪儿去了呢？北岛有诗说："人民在古老的壁画上默默地死去，默默地永生。"用这话来描述女娲时代的消亡倒也很恰切。但即便是绘在壁画里永生的女人，也是被扭曲了的。西方曾有学者写过一本震撼了历史界的书，叫《中世纪前没有儿童》，说在中世纪前，没有人意识到儿童原来是个独立存在的特殊群体。我们同样可以说，中世纪以前的西方也没有女人，因为"she"这个词直到12世纪才被发明。中国女人就更悲哀了，"她"字直到1920年才被刘半农先生在《教我如何不想她》这首歌里发明出来，比西方晚了七百年。记得小时候读《红楼梦》，一直不懂为什么书里提到女人，用的都是"他"字。

据说有些目光敏锐的人士已经看到，女祸时代悄然结束，女娲时代卷土重来。国际上亦有类似女娲时代的说法，谓之"她时代"。20世纪末，美国方言协会做过一个预测调查，评出21世纪最重要的一个字，就是"she"。又据说，有位台湾的男性研究专家宣称，上海已进入"准母系社会"，并为之击节称快。他们发现，现在的女人，主持家政的是她们，驰骋江湖的也是她们。倘若真是如此，我想今后书写历史的也必然是"她们"。我没法想象，在"她们"书写的历史里，男人又会是什么面目呢？

你的石头砸向谁

《圣经》里有个故事经常被人引用：有妇人犯通奸罪，依照摩西的法律当乱石砸死。法利赛人把这桩公案交给耶稣裁决。耶稣说，你们中间谁是没有罪的，谁就可以先拿石头砸她。人们听了这话，从老到少一个一个都离去了。结果，没有一个人敢把手中的石头砸向这位妇人。

但是，假如那人群之中掺杂着一个中国人呢？这妇人肯定就遭殃了，准有一块石头击中她的命门，叫她一命呜呼。中国武功本来就厉害，飞叶伤人，何况石头！那位中国人为了证明自己是无罪的，下手必是既稳又准且狠。好在耶稣时代交通不太便利，中国人还没法远游西域。不然，《圣经》里关于罪恶的这条教义将是另外一番模样：个别人是没有罪的。

教义变了，整个教化就不同了。因为"个别人是没有罪的"，那么谁都想充当无罪的"个别人"。要证明自己没罪，最直接的办法是诬陷别人有罪，攻讦便成了平常之事。人既分有罪和无罪两种，仇恨就是天然的了，争斗亦无可厚非。如此如此，天下便越发罪孽深重。最终有一个人会让天下人知道他是最清白、最高尚的，此人就是皇帝。所以自古皇帝加尊号，可以用上十几个最好的辞藻，不嫌累赘和拗口。此等教化之下，普通百姓无自我检讨之心，九五至尊以自我神化为乐。

我毫无诋毁同胞的意思，只是历史为我们提供了太多难堪的例证。在中国，大凡全民族的灵魂面临严峻考验的时候，人性的丑陋、凶恶和残忍便会洪水猛兽般集体爆发。不往远了说，单是那个苦难的十年，我们脚下这块土地上演出过多少告密、陷害、残杀的丑剧！只要有人政治上倒霉了，旁人最人道的做法就是同他划清界限，很多人还会添油加醋揭发出新的罪证。有的人仅仅为了表现自己的清白、进步和革命，就不惜无中生有置人于死地。同样一块石头，在《圣经》里是检验人皆有罪的试金石，在中国却进入了一个很不光彩的成语：落井下石。

一块石头，为何被基督徒丢在了地上，中国人却拿它砸向落井受难的人？其中必有宗教、文化和传统诸多原因，难尽尺牍之间。但从中国人本能的生存智慧上看，劣根似乎是先天的。譬如放屁一事，落作白纸黑字虽是不雅，却可见中国人的天性。中国小孩子在一起玩，闻见臭屁，都会掩鼻环顾。他们掩鼻与其说是怕臭，不如说是显示这屁不是自己放的。而放屁者往往最先做掩鼻皱眉状。可见，中国人从小便知道要证明自己是清白的，哪怕他就是放屁的人。这些从小放屁不认账的人，长大就成了有罪无悔意的人。

有罪者非但不自觉有罪，而且在谆谆劝诫别人不要犯罪，在义正词严斥责别人犯罪，在铁面无私惩治别人犯罪。只不过谆谆劝诫是言不由衷，义正词严是装腔作势，铁面无私恰恰是为了掩藏祸心。所谓贼喊捉贼，西方有无很贴切的对译词，抑或是我邦独有之国粹？

法利赛人想陷害耶稣，故意把犯了通奸罪的妇人交给他来处理，企图抓住可以控告他的把柄。因为上帝是不宽恕淫乱的，耶稣面临的就是两难选择：他既不能纵容通奸妇人的不贞，又不能违背上帝的仁慈而杀人。所谓最大的人道，就是不要把人性推向必须接受考验的悬崖。法利赛人的行为就是最不人道的，他的阴谋让耶稣在内的所有人的人性都面临考验。推而论之，凡是容易为人性之恶从魔瓶里爬出来提供机会的社会，无论暴政庸政，都是不人道的。

我们把肉体放在何处

人之肉身，与生俱来。人之为人的一切可能，首先都是因为有了肉体。人的灵魂精神，喜怒哀乐，愚昧也罢，智慧也罢，都必须以人的肉体为载体。没了肉体，便如水浇火，青烟散尽，惟余冷灰。

精神依托肉体而存在，早已是现代科学的常识。但我们回首人类心灵史，却是一部不断蔑视肉体、仇视肉体、背离肉体、戕害肉体、忘却肉体的历史。人类真是一种很奇怪的动物，他们逃离肉体，欲往何处？人类的荒诞在于大多时候，他们总是蔑视和背叛自己所固有的，向往自己没有的，甚至不可能有的。他们的内心永远有一种超越和解脱的渴望，一种寻找生命价值和意义的焦虑。

鲁迅先生尖刻地讽刺过那些拔着自己头发想离开

地球的人，可是千百年来，人类一代一代确实在做拔着头发想离开地球的事。世世代代困扰着人类的这种灵魂相对肉体的无望挣扎，究竟缘何而起？别的动物也同我们一样因为肉体而焦躁不安吗？又是谁独独给人类设置了这样的宿命？或者，真有一个上帝吗？人类的命运不过是上帝设置的一个游戏？人类的生活永远在别处。从这个意义上说，人类注定是一种绝望的动物。

人类为什么如此害怕自己的肉体？灵与肉一定是势不两立的吗？东郭先生曾问庄子，你所说的至高无上的"道"在哪里呢？庄子说，道无所不在，在蝼蚁，在杂草，在烂瓦，在屎尿。既然如此，庄子为什么又非要人们形如槁木，呆若木鸡，心无所悬，坐化忘机呢？非如此不能悟道。人们肉体的丰富感觉，它所给予人的愉悦和痛苦，难道不是大化和自然的一部分吗？可是庄子言下之意，道无所不在，唯独不在人的肉体内！中国的哲学家至少从庄子开始，就把肉体忘得干干净净！

康德有言，有两样东西，我们愈经常越持久地思索，它们就愈使心灵充满始终新鲜的不断增长的景仰和敬畏：在我之上的星空和居我心中的道德法则。中国文化中，康德所言心中的道德法则，即孟子所谓的"人皆有不忍人之心"。孟子打了一个比方。一个小孩落井了，看到的人不免惊骇，油然而生恻隐之心。此等恻隐之心，不是因为想和小孩的父母搞好关系，不是想在乡邻中博得见义勇为的美名，也不是因为孩子呼救的声音刺耳难听，确实因为心中有所不忍。孟子说："无恻隐之心，非人也；无羞恶之心，非人也；无辞让之心，非人也；无是非之心，非人也。恻隐之心，仁之端也；羞恶之心，义之端也；辞让之心，礼之端也；是非之心，智之端也。人之有是四端也，犹其有四体也。"孟子说的这四端，就是人性中的善。善是与生俱来的，在人的内心自然生长，像小树长成大树，花苞开成花朵。只要听凭善的本性滋长，人皆可以为尧舜。

身体发肤自然受之父母，人性的善受之哪里呢？孟子说，善来自于天。他说的这个天，不是自然界与地相对的物质的天，不是陶渊明所谓"天运苟如此，且进杯中物"中的命运之天，不是"上邪，我欲与君相知"中的主宰凡人之命的天，而是意理之天，道德之天。冯友兰先生认为，孟子所谓的天，即是一个由道德主宰的宇宙，人间的道德原则就是宇宙道德在人身上的体现。

于是，人的肉体和人性浑然而来，人的肉体和宇宙道德第一次连在了一起。这是贯穿中国文化始终的天人合一思想的开端。孟子说："吾善养吾浩然之气。"什么是浩然之气？"难言也。"它至大至刚，塞乎天地之间，上下与天地同流。它是一种宇宙之气，超乎人的道德之上。然而，这种浩然之气同样可以养在人的心里，运行于人的身体和行为之中，最要紧的它必须寄居于人的肉体。

但是，孟子的浩然之气存在于什么样的肉体里呢？或者存在于什么样的肉体里并不重要，重要的仅仅是心灵？我想到了苏格拉底。苏格拉底生活在公元前469年到公元前399年的古希腊。他的身体就是与常人不同的：面孔酷似野兽，体魄异常强健。宴会上，他是铁打的汉子，一个精力无比充沛的人。困倦和烈酒对他毫无影响。每当人们烂醉如泥，酒量最大的人也被折腾得筋疲力尽之后，唯有他可以从容地扬长而去，继续来到广场上唇枪舌剑，驳倒他的对手。

苏格拉底对严寒的非凡抵抗力也让人惊讶。寒冬天气，人们躲在家中闭门不出，还得穿上羔羊皮袄，裹上毡子。苏格拉底依然穿着平时那件大衣，赤着脚出门，安然行走在冰雪之中。路上的士兵们对他侧目而视，以为苏格拉底故意嘲笑他们在寒冷面前的畏缩。

苏格拉底强健的肉身与他令人生畏的智慧难道不是相互依存的共生体？敏捷的思维必须有强健的肉体才能承载。有时，苏格拉底黎明即起，笔直地站在那里苦苦思索。中午到了，人们议论纷纷：从黎明起他就站在那里思考问题！夜幕降临，好奇的人们吃过晚饭，把卧床搬到外面，观察苏格拉底的动静。他们看到苏格拉底就这样沉思着呆立了一夜！太阳升起了，苏格拉底对着太阳，虔诚地做过祷告，然后离去。

我们无从知道孟子的肉体生活，不能想象他是在怎样一具肉体中涵养他的浩然之气。尽管孟子及其弟子共同著有《孟子》七卷，但其中对孟子世俗的肉体生活却鲜有记载。然而，从《孟子》的一些篇章中，我们略许可以看到孟子对肉体的态度。孟子说："理义之悦我心，犹刍豢之悦我口。"从孟子的这个比方，我们知道他是承认肉体与生俱来的本能需要的。他更是明确地认为，口喜美味，耳喜美声，目喜美色，四肢喜安逸，这些感官喜好是先天的，属于天命。天命的存在是合理的。孟子游说齐宣王实行王道，齐宣王推托说，不行啊，寡人有疾，寡人好色。孟子马上说，没关系，只要你照顾到老百姓也有同样的欲求就可以了。

但孟子轻视感官的"命"，却极端重视心灵的"人性"。孟子说的人性，并不包括人本能的肉体需要，而独独指人性之"善"，即所谓仁义礼智四端。他认为唯此四端，人才区别于禽兽。这是人的高贵优越和独特之处。"命"与"性"虽然都是先天的，但肉体感官的需要是"小体"，单纯追求"小体"的满足是小人；而仁义礼智是"大体"，追求"大体"则为大人。所以孟子说："人之所以异于禽兽者几希！庶民去之，君子存之。""求则得之，舍则失之，是求有益于得也。"孟子极其强调人的个体对理性追求的重要性，甚至主张"舍生取义"。"鱼我所欲也，熊掌亦我所欲也，二者不可得兼，舍鱼而取熊掌者也；生亦我所欲也，义亦我所欲也，二者不可得兼，舍生而取义者也。"

于是孟子做了选择：义重于生，性高于命。孟子眼里的灵与肉虽不是水火不容，却是轻重判然。从孟子开始，中国哲学便走上一条重灵轻肉，直至存天理灭人欲的道路。按照现代心理学的说法，人的欲求产生于匮缺。孟子重灵轻肉，重性轻命，难道是因为他的肉体生活没有产生匮缺的缘故？孟子生于约公元前371年，死于公元前289年，活了八十二岁，在那个时代是相当长寿的。这也许同他肉体的世俗生活优裕有关？孟子虽然也曾周游列国，推行王道遭到冷遇，但齐宣王对他一直优待有嘉。他和天下鸿儒齐居稷下学宫，齐宣王专门为他们开康庄之衢，高门大屋，相当尊宠。孟子的膳食自是不错，甚至可以选择于鱼与熊掌之间，营养应该是不成问题的。由此可见，他的肉体很好地承载了他养其浩然之气的使命。但是，他好像并不感激自己的肉体。

孟子的同代学问家庄子是一个追求快乐的人，虽然他有时靠借米度日，有时以编草鞋为生。他做过漆园小吏，可是没干多久就归隐了。显然，庄子追求的不是物欲满足的快乐，不是肉体感官的快乐。他的快乐恰恰是要忘却肉体，泯灭肉体感觉。庄子的快乐是在宇宙间的逍遥游。他的逍遥游有"有待"与"无待"之分。"有待"的逍遥游就像那只大鹏，翅若垂天之云，一怒而飞，绝云气，负青天，水击三千里，扶摇直上九万里。这是何等的力量与自由，可谓逍遥矣。可惜，它的自由不是绝对的，必须"有待"：它的飞翔依赖于海啸带起的大风。所以大鹏的快乐也只是相对的快乐。

庄子认为最高境界的逍遥是"无待"的，即不借助任何外在力量的"至乐"。能够获取这种"至乐"的人，必然是"至人""神人"和"圣人"。他们已经做到了无己、无功、无名，物我两忘，天人合一，所以能凭借自然的本性，顺应六气的变化，独与天地精神相往来，绝对自由地逍遥于无穷的宇宙之中。

庄子描绘的绝对自由的"至乐"的确令人神往，但要达到至乐境界非常人所能。须知人要忘却肉身，谈何容易！《庄子·大宗师》里描述了孔子最聪明的门生颜回学习"坐忘"的过程：

颜回对孔子说：老师，我长进了。

孔子问：怎么呢？

颜回回答：我忘掉仁义了。

孔子说：不错，但还不够。

隔些日子，颜回又对老师说：我长进了。

孔子又问：怎么呢？

颜回说：我忘掉礼乐了。

孔子又说：不错，但还不够。

又过一些日子，颜回又说：老师，我长进了。

孔子又问：怎么呢？

颜回说：我坐忘了。

孔子大惊不已，说：颜回，你真贤明啊。请让我做你的学生，跟随你一起学习吧！

什么是坐忘呢？依颜回的说法，就是要"堕肢体，黜聪明，离形去知，同于大通"。

原来，坐忘就是要废弃肢体，闭塞耳目，离析肉体，然后除去心智，这样才能和大道融通为一。

庄子在《大宗师》里敷衍的这个故事，表明的正是他对肉体的态度。在庄子眼里，人的肉体只要顺其本性，不以人害天，同样可以有相对的快乐。可是，生老病死是自然法则，无法回避，人只要活着就得承受无穷的痛苦。而人的种种痛苦的根源，都因为人的肉体存在。只有彻底抛弃这个臭皮囊，把它忘个一干二净，方可有真正的自由。正像南郭子綦，神情木然，人如槁木，心成死灰，吾丧我而物化，如此同于大道。

于是栩栩然蝴蝶，或蘧蘧然周也。这时，绝对自由的逍遥便来临了。

我们承认庄子解决痛苦的方法确实高妙。他实在太聪明了，来了个釜底抽薪。产生痛苦、感受痛苦的肉身都已被废弃和忘却，还有什么必要去问痛苦因何而生，怎样解决痛苦呢？庄子不是去解决问题，而是把这个问题直接撤销了。其实庄子这种解决痛苦的方法，浓眉长髯的老子早就说过了。他闭目坐在树下，轻描淡写地说道："吾所以有大患者，为吾有身。及吾无身，吾有何患？"我怀疑的是老子或庄子，他们自己真正做到了"无身"吗？或者，中国古代的哲学或哲学家从来就是矫情的？也许，武断地说老庄们矫情倒也容易，但要说清楚他们为什么要矫情就有难度了。

孟子和庄子，对待肉体都不是太友好的，只不过孟子冲和些，庄子残酷些。

庄子没有想到，他死后两千年，西方德国一个叫费尔巴哈的哲学家伸出指头，轻而易举就点住了他的死穴。费尔巴哈写道："思维活动是一种机体活动。"他直截了当地把意识生命首先还原给物质。他认为，表现在感觉上的就是真实。换言之，可感觉的表现就是实在本身。感觉直接产生于肉体，产生于口鼻眼手耳。一切思维活动都是通过肉体而展开的，智力的运行表现在肉体上，而且只能表现在肉体上。费尔巴哈给肉体赋予了哲学的尊严。

庄子是否想过，当他真正形如槁木、心如死灰地坐忘之时，他能通过什么媒介感受到他所津津乐道的至乐？当感受痛苦的肉体彻底废弃之后，感受至乐的肉体不也同样不存在了吗？更何况庄子之所以能够描绘出如此玄妙迷人的绝对自由境界，恰恰因为他有一个高度智慧的感官肉体。现代医学倒是证明，人之将死，意识模糊，只能产生种种离奇的幻觉。但这种幻觉哪怕美如海市蜃楼，也绝然不是庄子心目中的至乐吧。庄子确实是一个快乐主义者，然而他的至乐只是一种人们永远无法达到的寂灭。在这一点上，他不是与佛教的涅槃殊途而同归吗？顺便说一句，释迦牟尼悟道的故事同佛家教义的背悖同样是不可理喻的。这位佛教始祖苦行六年，形容枯槁，奄奄一息，未能悟道。如果不是那位善良的牧羊女搭救了他，就没有千年佛教的绵绵香火了。释迦牟尼喝了牧羊女舍予的鲜奶，恢复了元气，才终于在菩提树下觉悟了。悟道终究还需元气充沛的肉身啊！可是，佛教提倡的依然是忘却肉体。

中国哲学就是在这种敌视生命、鄙视肉体的状态下蹒跚起步了。可是，无论怎样的一统江山，无论怎样的千秋万代，毕竟会有另类的声音破口而出。同样是被记载在道家的著作《列子》第七篇中的杨朱，便是这等异类。此杨朱不是与孟子同时代，被孟子视为大敌的哲学家杨朱。那个杨朱是真杨朱，孟子称他是"拔一毛而利天下而不为"，说天下之言，"不归杨，则归墨"，并将"距杨、墨"视为自己最大的责任，足见杨朱当时的影响力。

《列子》中的杨朱则假托了战国时代的真杨朱之名。这位假杨朱说，人能活到一百岁者，千人之中无一人也。假设有一个，除掉孩抱与昏老之时，再除掉睡眠的时间和人生的痛疾衰苦，亡失忧惧，生命已所余无几了。人生苦短，生既是暂时，死后亦归于寂灭，所以要及时行乐，"且趣当生，奚遑死后"。人生唯有快乐享受才有价值，人生的目的和意义也就在于此。欲望越能得到充分的满足，人生才越为可乐。

这个假杨朱有点像一千五百年后出现在法国的唯

物主义哲学家拉美特利。拉美特利给自己改名为"机器先生"。他如此描述自己：机器先生没有灵魂，没有思想，没有理智，没有道德，没有判断，没有趣味，没有礼貌，没有德行。一切都是肉体，一切都是物质。拉美特利原是一位军医，因为患上一场热病，摇身一变成了享乐主义的唯物主义哲学家。也许疾病有助于哲学家了解肉体，或者说病狂往往能催生哲学家。拉美特利在病中发现，思维能力仅仅是肉体这个机器结构组织产生的一个结果，而肉体完全是物质的。拉美特利的原理非常简单：人是机器，宇宙中唯有变化多端的物质。拉美特利自从有了自己的哲学，便肆无忌惮，出言不逊，纵情享受肉体的快乐。他别出心裁，用鹰肉代替鸡肉，加上猪肉和生姜，又塞进一些变质猪油做成馅饼，最后因为消化不良而一命呜呼。拉美特利死得真像个哲学家！

《杨朱》篇里还虚构了这样一个故事：

晏婴问管仲怎样养生。管仲说："肆之而已，勿壅勿阏。"

晏婴又请教："愿闻其详！"

管仲回答："恣耳之所欲听，恣目之所欲视，恣鼻之所欲向，恣口之所欲言，恣体之所欲安，恣意之所欲行。"

显然，管仲认为所谓养生，就是要满足耳目鼻口身体各种感官的欲望，美声美色，美味美服，总之要恣欲纵行，否则就是"壅""阏"，就是对生命欲望的压抑和虐待，就只有痛苦和烦恼。如此活着，即使活上一百年、一千年乃至一万年，又有什么快乐和意义呢？不如纵情享受，及时行乐，去掉烦恼的根由，熙熙然等待死的到来。这样，哪怕只活上十年、一年、一月、一天，也算是活过了。

管仲对晏婴所说的养生，就是简单赤裸的肉体享乐。生命的本质只在于感觉，享乐就是道德。生命通过肉体欲望的满足获得自由。这就是《杨朱》里管仲的人生哲学。

管仲对晏婴说了这一番养生的大道理后，问晏婴道：我已经告诉你怎样养生了，那么你死后又该怎样？

晏婴一通百通，马上回答道：死后就无所谓了。既然死了，人还能怎样呢？烧掉也行，丢到河里也行，埋掉也行，暴露在外面也行，用柴草裹着弃之沟壑也行，衮衣绣裳装进棺椁厚葬也行。

管仲高兴地说：生死之道，我们都已进一步地领悟了。

同样，《杨朱》篇里还讲了另一个故事。当然这个故事也是虚构的。公元前6世纪郑国著名的政治家子产治国三年，成绩斐然。可他的一个哥哥和一个弟弟，却一个酗酒，一个好色，臭名昭著。子产痛心疾首。

有一天，他郑重地找他们谈话。子产说：人之所以比禽兽高贵是因为他有智慧，能思考。智慧和思考使人有礼义。一个人，只有守礼讲义，名和位自然会来找他。如果只是任情而动，耽于嗜欲，他的性命就危险了。

子产的哥哥和弟弟是怎样回答的呢？他们不以为然地说，善于治外的人，还没开始治外自己的身心就已经痛苦了。善于治内的人却因为听从自己的内心，不矫情地迎合别人而身心安逸。所谓"治外"，使人守礼讲义，不过是为了迎合世俗，是"从人"，这种道理也许可以在一国之内推行，但未必符合人心。如果像我等，任其自然，顺从本心地活着，不但可以推行天下，连君臣之道都无用武之地，都可免了矣。

子产听后木然。

应该说，《杨朱》所表达的思想，实际上就是魏晋名士们"越名教而任自然"生活的开端。《列子》一书，其实就是魏晋人的作品。魏晋时代，终于成为中国历史上一个风流蕴藉、率性任情的时代。

魏晋时期很有一批追求粗鄙的肉体享乐的人，他们极尽声色口欲满足之能事。写作《无名论》的"正始名士"何晏，因为母亲貌美，被曹操收为义子。他姿容美丽，好修饰，面至白，魏文帝都怀疑他脸上搽了粉。有一次正是大夏天，魏文帝故意赐给他热汤饼吃。何晏吃完满头大汗，他用自己的大红衣袖擦汗，脸色更加皎然。何晏是个登徒子，纵情声色，从妓女那里学来名为养生、实为催情的"三峰"药。他不但自己享用此药，还用它来讨好当权的大将军曹爽。何晏纵欲过度，虚火攻心，当时的神鉴名家，也就是看相先生管辂给何晏看相说，何晏"魂不守宅，血不华色，精爽烟浮，容若槁木，谓之鬼幽。鬼幽者，为火所烧"。想象一下，何晏也许真像一个面色苍白的幽灵。何晏为了补精益气，发明"五石散"服用。"五石散"性酷热，药效一旦发作，皮肤如有火烧，所以服药者都须穿着宽衣缓带，长袍大袖。"五石散"成为当时富贵高雅的象征，据说何晏只有招待最高贵的客人时才捧出此种仙药。何晏最后因依附曹爽而被司马懿所杀。我想即使他有可能寿终正寝，也不会长命。

但是，以《杨朱》的理论来看，何晏反而属于"善养生"者了。"五石散"的名气如此之大，以致到了阮籍、嵇康时代，人们对服药仍迷信不已。《晋书·嵇康传》记载，当时有一个嵇康的崇拜者王烈，他在山上得到一种"石髓如饴"的东西，还没来得及送到嵇康手里，那神奇之物就已凝固成石头了。人们于是说嵇康所以不能长命，也许就因为他没吃上这种石浆。所谓"石髓如饴"的故事，说明的正是"五石散"之遗风。

《世说新语》里记载了很多魏晋人追求极致的感官享受，穷奢极欲的故事。石崇、王恺斗富，人们多已熟知。王恺用糕饼擦锅，石崇就用蜡烛当柴烧饭；王恺用紫丝绸衬上绿绫里子做了长达四十里的步障，石崇就做五十里；石崇用香料刷墙，王恺就用赤石脂刷墙。晋武帝曾把一株两尺高的珊瑚树赐给王恺，这棵御赐珊瑚树，枝柯扶疏，世罕其比。王恺得意地向石崇炫耀珊瑚树。岂料石崇不屑一顾，用手中的铁如意应声将它打碎。王恺声色俱厉。石崇满不在乎地拿出自己收藏的珊瑚树赔给王恺，其中光彩流溢、三四尺高的就有六七株。石崇家的厕所用沉香汁和甲煎粉熏得芬冽四溢，十多名婢女丽服藻饰，侍候其间，以致客人都不好意思去上厕所。石崇大宴宾客时，令美人劝酒。客人如果不肯饮酒，石崇就命令阉奴把美人拖出去杀掉。丞相王导和大将军王敦经常同在石崇家做客，王导本不善饮，为了不使劝酒的美女丧命，每次都喝得酩酊大醉。王敦却故意不喝，冷眼旁观。有一次，因为王敦不肯喝酒，已经杀了三个美人。王导实在不忍，责备王敦。王敦满不在乎地说，他自杀他家的人，与你何干？

王恺的儿子王济，少有逸才，文词俊茂，又娶晋武帝的女儿常山公主为妻，为一时秀彦。他和父亲一样，豪爽奢侈，华衣玉食，甚至去与他父亲比富。有一回，晋武帝御临他家用膳，一百多名婢女，身穿绫罗，手擎饮食，上下伺候。有一道蒸乳猪，味极鲜美，令晋武帝大异，不禁相问。王济却淡淡地说，这小猪不过是人乳喂养的罢了。晋武帝大为不悦，饭没吃完，拂袖而去。

有意思的是像何晏、石崇这些人，穷珍极丽，盛致声色，极重肉体感官的享乐，却并非只剩肉体。任何一个肉体享乐者都不可能彻底做到行尸走肉。何晏居然是正始年间系统地阐述老庄思想的大学者。他进一步发挥老子"天地万物生于有，有生于无"的思想，提出"有之为有，恃无以生，事而为事，由无以成。夫道之而无语，名之而无名，视之而无形，听之而无声，则道之全焉"。所以，道即为无。又因老子提出过"人法地，地法天，天法道，道法自然"的命题，何晏进而指出，"天地以自然运，圣人以自然用"。又因为庄学主张以理化情，所以何晏以为圣人无情，没有喜怒哀乐。何晏的肉体生活也许正是他哲学思想的极端体现。兴许充分满足和享受肉体欲望，就是何晏所谓的圣人以自然用？道既为无，精神道德伦理自然也为无，肉体同样为无。彼都为无，何必有高下雅俗正邪之分？

石崇也有颇为一本正经的时候。石崇常和王敦一起到学校去游玩。有一天，望着学校里挂着的颜回画像，石崇忍不住说，如果我和他同为孔门弟子，恐怕也没有多大的区别吧？王敦嘲笑他说，你只能与家有千金的子贡相比。石崇却严肃地说，读书人就是要追求生活舒适，名高位重，何必和那些穷苦人扯到一起？也许在石崇看来，追求生活的舒适享受是人生再正当不过的欲望，根本不存在不礼不义有违名教的因素。石崇也是有他自己的哲学的。

魏晋时还有另一类人，他们也放浪形骸，狂放不羁，然而简约玄澹，俊雅疏放；他们任情，重情，深情，纯情；他们也是越名教而任自然者流，却真正体现了超逸脱俗的风流精神。

阮籍和阮咸叔侄都名列竹林七贤之中。阮氏家族皆能饮酒，诸阮共聚，饮酒往往不用杯盏，而以大瓮盛酒。众人围坐，相向大酌。阮家养的猪也颇有酒性，常常群集酒瓮之侧，同诸阮一起把嘴伸到瓮里开怀大饮。毕加索曾画过一幅素描，描绘了文艺复兴时期艺术家们放浪形骸、人猪共醉的情景。画家不曾知道，中国的一群风流哲学家比他们早一千年就体会到这种"同于万物"的自由境界了。

竹林七贤中另一个更有名的酒徒是刘伶。刘伶身长六尺，相貌丑陋，整日沉迷醉乡，神情悠忽，视形骸为土木。他耽酒而病，却更为渴酒，哀求他妻子给他一点酒喝。妻子劝他戒酒，哭泣着毁掉酒器，把坛子里的酒也一倾而尽。刘伶说，好的，我自己无法控制酒瘾，只有在鬼神面前发誓才能戒掉。请你把酒肉供在神像面前，让我来祈祷发誓。于是刘伶跪在神像面前说，天生刘伶，以酒为名。一饮一斛，五斗解酲。妇人之言，慎不可听。于是饮酒进肉，又颓然而醉。

他的《酒德颂》无疑是他最生动的自画像："有大人先生，以天地为一朝，万期为须臾，日月为扃牖，八荒为庭衢。行无辙迹，居无室庐。幕天席地，纵意所如。止则操卮，动则挈榼提壶。唯酒是务，焉知其余？"

我们万万不可以为刘伶在醉乡中真的除了酒中滋味，其余什么也不知道。刘伶在醉乡中悟到的理，正是庄子"坐忘""物化""吾忘我"的高妙境界。刘伶在醉乡里"无思无虑，其乐陶陶。兀然而醉，豁然而醒。静听不闻雷霆之声，熟视不睹泰山之形。不觉寒暑之切肌，利欲之感情"。这不是庄子所谓能够摆脱形与物的羁绊，自由逍遥的"圣人""神人""至人"吗？不同的是，庄子企图以忘却废弃肉体感官来达到这个境界，而刘伶恰恰却是通过肉体感官达到了这个境界。庄子的道路是一条行不通的绝路，而刘伶的道路却简便易行。

阮籍、嵇康这些魏晋风流名士，都自觉或不自觉地走了一条由肉体通向性情的道路。他们不是肉体的蔑视者和敌视者。他们与庄子的目标一致，途径却相反。肉体是他们飞升的翅膀，而不是障碍。他们知道，如果没有肉体，他们将什么也没有。没有肉体，既没有性情，也不会有哲理清谈，更不会有流芳后世的"魏晋风流"。人们都知道，正是因为嵇康肉体生命的消失，《广陵散》才"从此绝矣"！

中国思想史上最大的异端应该非李贽莫属。1602年（明万历三十年），李贽以"敢倡乱道，惑世诬民"的罪名被捕，被关押在北京皇城监狱。一天，他吩咐狱卒给他剃发后，取剃刀自刭而死。临死前狱卒问他：痛否？他以指蘸血在地上写道：不痛。又问：为何自杀呢？答：七十老翁何所求？于是血尽气绝亡。

李贽曾夫子自道：天下世俗之人与假道学者流都把我看作异端，我不如干脆就做异端，免得他们把异端的虚名加在我的头上！

可见，李贽是自觉以异端自命的。李贽之异，异在何处？他公然为人的"私心"正名："夫私者，人之心也。人必有私而后其心乃见，若无私则无心矣。"
他宣称，吃饭穿衣，即是人伦物理。举凡好货，好色，
多积财宝和多买田宅为子孙谋等，均为百姓日用之迩。
这等"私心"，即"童心"，即人的最初一念之本心，
所以绝假纯真。他依照此番逻辑，推出了情性自然论。
他说："声色之来，发于情性，由乎自然。情性中自然
涵有礼义，不需外在的礼义去约束。情性不可以一律
求。人莫不有情，莫不有性，极具个体特征，岂可一
律求之？"李贽更是大声疾呼："不必矫情，不必逆性，
不必昧心，不必抑志。"

　　宋明道学家们的言必"存天理，灭人欲"，李贽则
把人从所谓的"天理"拉回到"人欲"。他认为吃饭穿
衣，声色财货，都来于自然，也只能听其自然。自然
中已有礼义良知，何必外在求之！那些假道学、伪君
子们在李贽眼里是面目可憎的："志在温饱，而自谓伯
夷叔齐；质本齐人，而自谓饱道妖德；分明一介不与，
而以有莘借口；分明毫毛不拔，而谓杨朱贼仁。动与
物迁，心与口违。"李贽看腻了假道学的嘴脸，终于忍
不住破口大骂："阳为道学，阴为富贵。被服儒雅，行
若狗彘！"

李贽不光学说异端，他的人生之旅也殊为异端。他有官弃官，有家弃家。他的弃官弃家并不是为了摆脱世俗欲望，而是为了更自由地追逐自己的欲望。他认为自己在欲望中深谙佛家游戏三昧，已经无善无恶，和光同尘了。他六十一岁出家为僧，却没有受戒，也不守戒规。他从不奉经祈祷，连读书都怕费目力，而让别人读给他听。他居然率领僧众跑到一个寡妇的卧室里化缘，又作《观音问》与士人妻女论"道"。他公然宣称："与其死于假道学之手，宁死于妇人之手。"

李贽的狂诞悖戾使那些道学家既怕且怒。1601年初春，他出家为僧的芝佛院被一场来历不明的大火烧得四大皆空。据说纵火者乃当地官吏缙绅所指使的无赖。1602年，曾是他的好友的礼部给事中张问达上了一本奏书，参劾李贽耸人听闻的罪状："尤可恨者，寄居麻城，肆行不简，与无良辈游庵院，挟妓女白昼同浴，勾引士人妻女入庵讲法，至有携衾枕而宿庵观者。"终于，万历皇帝大怒，着令锦衣卫将他捉拿入狱。他的著作也被下令焚毁，应验了他自己起的书名《焚书》。

纵观中国的哲学发展史，尽管多多少少有几个离经叛道者，大体上还是一部灵魂对肉体的压迫史。中国人哲学存在的前提仿佛必须是蔑视肉体。既然肉体如此低级鄙俗，成了人性善的桎梏，那么我们能将肉体放在何处？

我们今天再提对肉体欲望的压抑与厌弃已经不合时宜，但谈论灵魂的高尚与自由又往往被看成迂阔可笑。新的疑惑又出现了：这是否可以看成历史的进步？是人性的张扬还是人性的堕落？我们到底在追求什么？我们所要的生活到底存不存在？人类什么时候才能像歌德笔下的浮士德博士那样，对我们所能够拥有的生活心满意足，禁不住喊一声：生活呀，你停下来吧，太美好了！

英格玛·伯格曼导演的电影《第七封印》中有段台词有些意思："我的肠胃就是我的世界，我的脑袋就是我的永生，我的双手是两个呱呱叫的太阳，我的两腿就是时间的钟摆，我的一双臭脚就是我哲学的起点！天下事样样都跟打了一个饱嗝似的，只不过打嗝更痛快些。"

这段俏皮得有些粗俗的台词，道出的其实正是哲学的本源。如果想说得文雅或严肃些，我们可以引用诗人保尔·瓦莱里的话："一切人体未在其中起根本作用的哲学体系都是荒谬的，不适宜的。"

尼采在《查拉图斯特拉如是说》中写道："你肉体里的理智多于你的最高智慧中的理智。"

可是，人世间有多少疑惑经得起追问？人世间又有多少追问会有答案？或者，疑惑本身就是答案？

也许，人类的宿命就是永远只能眼泪汪汪地望着到达不了的彼岸！

襄阳不隐

襄阳好山水，最宜隐逸。登武当山可振衣千仞冈，临汉水则可濯足万里流。然襄阳自古却少有真隐逸者。若论享清福，谁都愿做隐士，世上充耳皆闻欲隐不得的喟叹，无论假意或真心。若说襄阳之真隐者，汉江是第一大隐。汉江极是壮阔，立岸而视，不见水端，有时平波缓进，有时深不可测。汉江比长江更古老，但自长江出世，汉江便归隐了。

襄阳的历史上，有不少能隐而不隐的高士。襄阳隐士，首推卞和。和氏抱璞，三献两刖，泣血荆山。幸遇楚文王不像厉王和武王那么昏愚，不然已无足可刖的卞和就只有脑袋可砍了。楚文王使人理石得玉，和氏璧始出。楚文王为褒奖忠信，封卞和为陵阳侯。卞和却说："宝玉面世，吾愿足矣！"长揖归去，终老荆山草莽间。

卞和若是真隐者，他应携玉同隐，唯求远避，何以要冒死献玉？世人或讥其痴，或嘉其诚。明人冯梦龙说："堪笑卞和献宝傻，何如完璧天地知。"这是对卞和献玉的质疑。汉人伪托卞和作《退怨歌》曰："进宝得刑，足离分兮。去封立信，守休芸兮！"这也道出了卞和的风德。卞和不去做陵阳侯，宁可"去封"，也要"立信"。他以对富贵的弃绝，证明自己非为富贵献玉。也许他最初献玉只是为让美玉见世，但当他被视为骗子刖足后，这位襄阳先祖冒死再献，则是为了证明自己的人格。卞和最终为立信献玉，历楚室三世而不屈，不惜一刖再刖，冒丧命之险。如此赤诚、倔强、血性的人，若只将他视为荆山隐者，真有些轻薄了。

东汉末年的庞德公看上去终生隐逸，其实也未必是真隐逸。庞德公结庐鱼梁洲的时候，这个半岛孤悬汉江，远离城郭，开阔寂静。常来打扰庞德公的是刘表，这个荆州牧在鱼梁洲筑了呼鹰台。刘表每次打马鱼梁洲，地面尘土喧嚣，天空鹰隼盘旋。刘表久闻庞德公名，再三相邀他入城辅政，庞德公屡屡谢绝。刘表问："您辛辛苦苦种地，能留给后人什么呢？"庞德公说："商取代夏得到了天下，商纣王的首级最终又挂到了周的旗杆上。周公摄政却杀了兄长，假如周公兄弟只是过老百姓的平常日子，怎么会有这样的悲剧呢？"庞德公此言，刘表未必真能听明白。

庞德公并没有把心里话全部告诉刘表。杜甫有诗说："昔者庞德公，未曾入州府。襄阳耆旧间，处士节独苦。岂无济世策，终竟畏罗罟。林茂鸟有归，水深鱼知聚。举家依鹿门，刘表焉得取。"杜甫说庞德公不愿入州府，是畏惧官场罗网，也未必确切。倒是清人阮函的评价，很有几分道理："庞公却辟刘表，知其不足与为。"原来，邦有道则仕，邦无道则隐。用舍行藏，君子有守，匹夫竖子，不足与谋。

庞德公躬耕鱼梁洲，襄阳乡野亦颇多隐士。当时，庞德公谓之卧龙的诸葛亮、谓之凤雏的庞统、谓之水镜的司马徽，也都散佚襄阳林泉间。然正是玉在椟中，钗于奁内。若依古人齿序，庞德公属诸葛亮、庞统和司马徽三人的父兄辈。庞德公虽不与州府相往来，他在士人间却有尚贤好客之名。诸葛亮在庞德公堂下执弟子礼，庞统本就是庞德公从子，司马徽亦颇受庞德公赏识。真隐士应是不问世事的，庞德公却常与三五知己纵论古今，想也是能经天纬地，胸隐甲兵的人。阮函称其"智辩昭烈，隐然出武侯以自代"，道出庞德公隐而非隐的真相。所谓"智辩昭烈"，讲的就是诸葛亮闻名千古的隆中对，三分天下应是庞德公同诸士子经常讨论的话题。庞德公不过是请诸葛亮替他出山"扶炎鼎之衰"，他自己却"无改岩林之乐"，上鹿门山采药去了。

庞德公遁入鹿门山约五十年之后，山东泰山羊祜驻守襄阳，都督荆州，抗抵孙吴。此时，蜀汉已经归晋，晋帝司马炎有吞吴雄心。

羊祜赴襄阳，志在平复天下。兵多累民，军粮重，百姓苦。羊祜一到襄阳任上，就把荆州士兵分成两半，一半扛枪戍防，一半荷锄种地。荆州军粮储备原不足百日食，羊祜任都督时囤了足以十年的军粮，都是士兵们自己种的。军人自己种粮吃，襄阳百姓就安居乐业了。

两军对峙本是仇雠，羊祜却与敌人以礼相抗，以礼相处。他与士兵出营打猎，常遇着吴军也在打猎。边界相遇，倘有吴军射中的猎物跑过襄阳界来，羊祜便要士兵把猎物送回去。羊祜行军打仗越过边界，把吴国百姓地里的粮食收割吃了，事后必折算成布匹还回去。与吴军战，必先下战书，约定时间和地点，绝不偷袭。有时担心不守规矩的军官仍去偷袭，战前就把那军官灌醉。自古所谓兵不厌诈，却为羊祜所耻。羊祜与吴军屡战，其法一派天真如儿童游戏，甚而似称痴愚，却从未失手。

当是时，驻守南荆州的吴将陆抗也是一条好汉。英雄相惜自古有之，羊祜同陆抗相处得更像朋友，常相互置酒遣使访问。一日，陆抗急病，向羊祜求药。羊祜火速派人送上自配良药，治好了陆抗的病。羊祜恩信远播，吴国军民皆拜服，赢得百万来归。范仲淹后来写诗赞颂羊祜说："化行江汉间，恩被疆场外。"

羊祜治军严明有方，自己却不喜戎装，常在军中宽袍缓带，自在如仙君。他喜欢登岘山远眺，又爱下汉江垂纶，偶也因贪玩耽误公事。一日，羊祜想出营夜游，被当值司马拿个正着，还被狠狠地教训了："将军都督万里疆域，岂可如此轻心放纵！今夜除非杀了我，否则营门不得开！"羊祜自知孟浪，忙向司马道歉，从此夜不出营。

羊祜驻守襄阳九年，修饬军政，功业卓著，颇有清誉。他看似天真烂漫，如神仙中人，却胸有大丘壑。他一边同陆抗诗酒往来，一边已谋划好了平吴方略。可惜羊祜壮志未酬，五十七岁时抱病北归。回到洛阳，羊祜向司马炎详陈平吴之策，并推举杜预任镇南大将军。羊祜故去第二年，杜预依先将军遗策平吴功成。庆功宴上，司马炎含泪举杯说："平吴都是羊太傅的功劳啊！"

羊祜生就不可能做隐者的，他不想成名都不行。他有个外公叫蔡邕，有个姨妈叫蔡文姬。他们家族的人在世自有功业，身后却是活在文学史里的。羊祜甚爱襄阳山水，曾登上岘山，对同游者感叹说："自有宇宙便有此山，由来贤达高士登此远望如我与卿者多矣，皆湮灭无闻，使人悲伤！"羊祜这番感慨颇让人想起日本平安时代武士平敦盛所作《和歌》："人生五十年，与天地相比，不过渺小一物。看世事，梦幻似水，任人生一度，入灭随即当前。"羊祜才高志大，却只有五十多年寿命，思之令人摧伤。羊祜去世后，襄阳人在他登岘山发幽思的话音落处，立了"晋征南大将军羊公祜之碑"，追述他的功德与风神。近五百年后，唐人孟浩然仍有诗赞曰："羊公碑尚在，读罢泪沾襟！"

羊祜倒是说过归隐的事，却是想在他功成身退之后。他曾在襄阳军帐里写信给弟弟羊琇说，待东吴平定，自己便戴上隐士角巾，回山东老家去，像汉代先贤疏广那样散尽田产，只给自己留一块放得下棺材的小墓地。羊祜之欲隐是匡世济民之后的淡泊，与庄周、陶潜之隐大有分别。

中国古时的隐者，很多其实也是大侠，可立大功业，可出亦可隐。世有大事，所谓高士若只求做隐者，不过是冷漠与逃避。郭靖和黄蓉江湖成名之后，相携隐于桃花岛，然遇国家生死存亡，则率英雄重出江湖，以血肉之躯死守襄阳。此二人虽是小说人物，却与襄阳有生死不解之缘。所谓"铁打的襄阳"，此话既是襄阳的骄傲，更饱含襄阳千年的血泪。历史上的襄阳，每二十多年便遇战火，无数将士的头颅从城头滚落。郭靖、黄蓉两位大侠，可以看作千百年来无数襄阳英魂的传神写照。

自古襄阳少隐者，皆因襄阳人有慷慨气。古人论襄阳形势与盛景，谓此地南援三州，北集京都，上控陇坻，下接江湖，往来行舟，夹岸停泊，千帆所聚，万商云集。正因襄阳是如此宝地，战乱一起，兵家必争，生灵涂炭，在所难免。真的襄阳高士，不忍苍生劫难，哪里还肯做隐士！

虚与实

意大利历史学家克罗齐有句名言：一切历史都是当代史。历史学或历史小说的意义，就在于把一般历史规律揭示出来，既为继往开来提供精神资源，又为警策后世提供镜鉴。

历史小说的创作，讲究大事不虚，小事不拘。《大清相国》的主人公是陈廷敬，康熙王朝的重臣。我在小说中塑造这个人物，依据的是历史上对他的总体评价。时人对陈廷敬评价很高，最权威的评价来自康熙皇帝。陈廷敬比康熙皇帝大十六岁，按古时候的代际关系，可以说是两代人。陈廷敬到了晚年，康熙皇帝对他有十六个字的评价：一是"卿为耆旧，可称全人"。说的是陈廷敬是品行高尚的老人，可称得上是完人。二是"恪慎清勤，始终一节"。说的是陈廷敬恪守规矩、行事谨慎、为官清廉、履职勤奋。陈廷敬的很多同事在笔记及书信里，对陈廷敬的评价也都很高。这就是所谓大事不虚，即对人物的总体把握。

所谓大事不虚，还包括小说中写到的主要故事。我为了写好这本书，把清顺治朝十八年和康熙朝六十一年，将近八十年间发生的事情，一天一天地看过了。小说里写到的事情，都是在这个历史时期发生过的。当然，有些事情陈廷敬直接参与过，有些事情陈廷敬间接参与过，有些事情同他没有关系。但是，写历史小说，只要符合人物性格，"移花接木"是允许的。小说里的很多细节，当然纯属虚构。这就是小事不拘。

《大清相国》写了两次科场舞弊，即太原乡试和北京会试。这都是虚构的。陈廷敬参加的这两次考试，都没有发生科场舞弊案件。没有发生科场舞弊案件，不等于没有科场舞弊。古代科举考试，舞弊是寻常之事，区别只在于有没有被发现，有没有酿成大的科场舞弊案件。

陈廷敬参加乡试是顺治十四年（1657），依旧历纪年是丁酉乡试。这一年，真正发生科场案的是顺天府乡试。顺天府乡试号称北闱，京津冀及关外士子、满族八旗及汉军子弟、国子监监生都入北闱，也允许外省生员赴京参加考试。所以，顺天府北闱是全国最大的科场。顺治十四年，竟然有六千多生员应试，但取录名额只有二百零六名，录取率为百分之三。这年，顺天府乡试发生了严重舞弊案，主犯是同考官李振邺和张我朴。李振邺居然私下安排住在他家里的同乡生员介绍贿赂，收了一千多两银子。我在《大清相国》里把李振邺写成会试的科场舞弊考官。我把李振邺案件中居间收钱的人，由汉人换成了满人，即庄亲王博果铎的儿子哈格图。这是想如实描写满汉官员间的矛盾，也是清朝两百六十多年间满汉官员关系的真实再现。雍正朝的名臣张廷玉很能干，他同满大臣的关系非常不好，经常整天不同满大臣说一句话，所谓竟日不语。

我在小说里写到，一个麻脸汉子到陈廷敬住的客栈推销舞弊的专门工具，看似戏说，实则有据。比如，有一种专门可以夹带进考场的舞弊工具，叫《经艺五美》，是历次乡试或会试优等文章的合编，字小得一粒米可以盖住五个字。我在怀化市合同县的高椅古村看到过类似《经艺五美》的舞弊工具。科举考试是古代读书人的唯一出路，只要有了功名就能荣华富贵、显亲扬名，所以有些读书人为了达到目的不择手段。科场舞弊自有科举制度以来一直没有禁绝。历朝历代，为防止科场舞弊都制定了相当严格的法律，做出了相当严格的规定。比如，考生衣服不准有夹层，鞋底不能太厚，砚台也只准用薄的，毛笔的笔管得是镂空的，木炭长度不准超过一寸，等等，为的都是防止夹带。

尽管如此，科场舞弊从来没有禁绝。舞弊的办法千奇百怪，没有手眼的考生只有冒险夹带，有手眼的考生则同考官相勾结，比如请人代考，比如事先买回考题写好文章，比如在文章里约定暗号私通考官。所谓做暗号，不是在考卷上暗留什么标记，而是约好文章里会用到哪几个字，或某个典故。这种手法有个专门说法，叫作用襻。常见电视剧里有这样的情节，考官阅卷时赞叹某考生文章写得好，字也写得好。这是不懂常识的。阅卷官看到的并不是考生的原卷，而是由誊抄官用红墨重新抄写过的，谓之朱卷，且要弥封糊名。阅卷官判卷，看到的只是朱卷。

小说里写到有个叫朱锡贵的人，自己名字都写不好，居然考取山西乡试第一名，所谓解元。好像有些太过夸张了。生活中的荒唐事，只有想不到的，没有见不到的。康熙五十年（1711），江南科场发生最大的舞弊案件，有两位半文盲居然中举了。他俩都是大盐商的儿子，拿钱开路，买通考官舞弊。士林哗然，生员大闹学府。小说里写生员们把文庙里的孔子像穿上财神爷戏服一样抬出来游街，也都在历史上发生过。康熙五十年江南乡试科场案发生后，皇帝派出两批钦差都未能查清案子，最后皇帝亲自审案，才把案子办结。因案件牵涉面相当广，总督、巡抚都与案件有关。最后，参与舞弊的要犯全部杀头，总督、巡抚都被免了职。

历史上因科场案件开杀戒，自顺治皇帝开始。顺治皇帝求才若渴，真想通过科举考试延揽人才。但丁西顺天乡试舞弊案让他震怒，严查之后把几个主犯都杀了。小说里写科场舞弊案办结之后，所有生员再行补考，这也是有史实依据的。历史上甚至发生过所有考生统一服装参加补考的，甚至有戴着刑具入场参加考试的故事。

陈廷敬家的老宅子至今保存完好，当地人叫它皇城相府。有些读者说既然陈廷敬是个清官，他家的院落那么气派，钱是哪里来的？陈家是前明旧家，既是富商，又出官员。他家祖上贫寒，从开煤矿起家，到了清初已是山西的大户人家，铁锅和犁铧生意做得很好。陈家的铁制品远销日本和东南亚，陈家可能是中国历史上最早做国际贸易的人家。陈家又崇文重教，出过很多人才。乾隆皇帝曾赐过一副对联给陈家：德积一门九进士，恩荣三世六翰林。

陈家大院里有座河山楼，最值得一说。山西人有经商传统，富人很多。康熙皇帝说过，朕在东南江浙巡察，看见街上做生意的多是晋省之人。天下财资最富者，也是山西人。因为富人多，荒年乱世打劫的土匪就多。今天去看晋南一带的老宅院，类似陈家河山楼的建筑很常见，那是有钱人家在自己宅院里修建的防御工事。明崇祯五年（1632），从陕西过来的土匪窜至晋南，到了陈廷敬的村庄。陈家的河山楼刚建好，全村八百多人躲进河山楼，免遭杀戮。这是当地流传最广的陈家善举。当时，陈廷敬还没有出生。陈廷敬是此次匪患七年后出生的，即明崇祯十二年（1639）。

陈廷敬家的家风很好，他祖上把家训概括为五个字：勤、俭、善、学、廉。据史料记载，康熙初年，陈廷敬回山西老家省亲，爹问他是如何做官的。听罢他的回禀，其父放心了，说：你是个清官。康熙四年（1665），陈廷敬省亲回京，临行前他母亲嘱咐他：你好好进京做官，娘在家替你娶媳妇、嫁女儿，沿路盘缠和做官服的钱家里都给你，"慎勿爱官家一钱"。陈廷敬晚年时回忆父母早年的教诲，写诗道："不负当年过庭语，先公曾许是清官。"

清代官服是统一制服，但官服并不是朝廷发的，而是要官员自己花钱做。朝廷只管款式、颜色和胸前的补子。文官的补子是禽，武官的补子是兽。古时代说到官员，很荣耀的说法是"衣冠禽兽"。这话现在是骂人的，放在古代却是夸人的。做官服很花钱，有些贫寒人家子弟考了功名，留在北京做官，没有钱做官服，上朝就在前门外的官服租赁店借官服穿。这有点像演戏，却是史实。长期租不合算，有可能还是尽量自己做。当时，给官员送布料做官服、送朝靴，也是常见的行贿之法。

陈廷敬做清官，同家境好并无关系。他是懂得自律的读书人，知行合一的理学家，受人敬重的理学名臣。他并不是因为家里有钱才不贪，也不因为家里有钱就生活奢华。他在北京日子过得很清贫。有一年，他家吃了一个冬天的腌菜，他居然自得其乐写诗说："残杯冷炙易酸辛，多少京华旅食人。索莫一冬差有味，菜根占得菜花春。"为什么说"多少京华旅食人"呢？当时外地人去北京做官的都是京漂，他们在北京没有房子，通常也不带家眷，致仕之后就要离开京城。清朝严令京官致仕后必须在五个月之内离开京城回原籍；外省做官，若在任上休致，也要在五个月之内回老家。

《大清相国》里的人物，真真假假，虚虚实实。这是符合历史小说创作规则的。康熙王朝六十一年，风云际会，名臣辈出。但《大清相国》是以陈廷敬为主的小说，不是写整个康熙王朝，很多大事和重要人物都被我有意忽略了。真实的历史人物，除了陈廷敬，只写到康熙皇帝和明珠、索额图、张英、张鹏翮、徐乾学、高士奇、陈廷统等几位大臣。

高士奇这个人物在小说里是很有戏的。读《清史稿》上的记载，高士奇的形象还较中性。但我看到很多同时代人的笔记，高士奇大抵上是个负面人物。我采信了野史。我很相信中国古代笔记，它继承的是《史记》《世说新语》的传统，亦史亦文。有时候，野史要比正史更真实。高士奇有些弄臣性格，懂得怎么让皇帝开心。弄臣在中国历史上自古有之，最著名的比如汉代东方朔。我在小说里写高士奇拿假画哄康熙皇帝，这事在野史里有记载。我在小说里把这事敷衍成完整的故事，既塑造了高士奇的弄臣嘴脸，也塑造了陈廷敬的政治智慧。陈廷敬看出了高士奇送给康熙皇帝的古画是假的，但高士奇相信陈廷敬不会揭穿他。因为康熙皇帝很喜欢这幅画，如果陈廷敬点穿了，等于说明康熙皇帝鉴赏能力差，损皇帝的脸面。陈廷敬知而不报，他相信一幅假画误不了君也误不了国。但高士奇若在大事上欺君误国，陈廷敬绝不会听之任之。小说中，高士奇最后就是在陈廷敬设计的连环参中被罢斥的。

高士奇同康熙皇帝的情感很有些微妙。高士奇非科第出身，学问不深，却是个杂家，书法好，又善玩古，给人的印象是什么都懂。他比康熙皇帝大九岁。康熙皇帝小时候读书，遇到不懂之处都问高士奇，高士奇对答如流。所以，在幼小的康熙皇帝心目中，高士奇是个学问渊博的人。直到康熙成年，还说是高士奇领他入读书门径。后来，康熙皇帝看出高士奇行为不端，也不忍从重治罪，只是让他回老家了。康熙皇帝南巡到杭州，还命老臣高士奇来侍驾。

徐乾学也是《大清相国》里着力描写的一个人物，他同高士奇在人品上是一路货色。徐家是个很有故事的家族，徐乾学的舅舅是大名鼎鼎的顾炎武，徐乾学三兄弟都很会读书。三兄弟中，徐乾学是长兄，考中的是探花；老二叫徐秉义，也是探花；老三徐元文更不得了，中的是状元。兄弟三人，被世人呼为"昆山三徐"。三人都做了大官，徐家可谓盛极一时。但是，徐家门风不好，人品都有亏欠。最坏的是老大徐乾学。徐乾学同高士奇结党营私，收受贿赂，但得到康熙皇帝的庇护。可徐乾学名声越来越坏，不断有人弹劾他。康熙皇帝爱惜徐乾学的文才，都把弹章"留中"了。后来，有御史进弹章说徐乾学：既无好事业，焉有好文章？康熙皇帝只得把徐乾学放还林下，令他回老家修书。徐乾学回到老家，仍是本性不改，放高利贷。史料上说他：招摇纳贿，争利害民。徐乾学曾设圈套让一位县令欠下他的高利贷，逼得这位县令家破人亡，县令被逼死。康熙知道真相后，斥责徐乾学家：一门狡恶。梁启超从学术上评价徐乾学：学界蟊贼，煽三百年来学界恶风。徐乾学所修《民史》，基本上是剽窃明末清初学者万斯同的。孟子说，君子之泽，五世而斩。这话在徐家不折不扣地应验了。当然，徐乾学还谈不上君子。徐乾学的五世孙已十分落魄，怕辱没祖先，隐姓埋名，家败人亡。

小说里有位混迹官场的术士叫祖泽深，这也是历史上的真实人物。我只是把他演绎得更生动而已。中国自古以来都有这类在官场上招摇撞骗谋利的人物，比如，同孟子、苏秦、张仪同时代有个叫邹衍的人，就是个非常有名的术士。后人不怎么知道邹衍这个人，但当时他比孟子在诸侯面前更行得开。因为他讲的是高深莫测的阴阳玄妙之学，很能唬人。孟子没有这个待遇，那位把邹衍敬若神灵的梁惠王见了孟子，很不客气，直接称他"叟"，也就是老头子。官场上，邹衍、祖泽深这种人更行得开。

我在小说里写到，皇帝在南书房办公的黄案是皇帝驾到前临时安放的。这是当时的习惯，同满人风俗有关。太和殿的皇帝宝座是固定的，皇帝巡幸其他地方，都得临时安放御用黄案。康熙皇帝最初是在乾清宫视朝，因太和殿被李自成烧掉了，康熙三十四年（1695）才重新修建。康熙皇帝不论在哪里坐下来，案上必定放着一把短剑，那把短剑叫小神锋。这也是真实的。我们读《红楼梦》，可以看到贾府吃饭，都是临时安放餐桌餐椅，吃完饭就撤下。宫里吃饭也是如此。可见，当时从宫廷到民间，很多习惯都是相同的。此风到近代都是如此，民国以前留下的古民宅，多见分成两半的大圆桌，分别靠放在堂屋左右两边壁下。

小说里写到康熙皇帝身边有位侍卫叫傻子，后人听着诧异，或者以为是作家戏说。当时大内侍卫真有一个叫傻子的。这个名字我是在陈廷敬的墓地碑文上看到的。陈廷敬逝世后，康熙派皇子扶榇送到山西阳城，随行的就有个叫傻子的侍卫。陈廷敬三子陈壮履在谢恩碑文里记录了这件事，留下了侍卫傻子大名。

《大清相国》从每个细节开始，都是尊重史实的，有符合情理的文学虚构，但没有戏说成分。小说写到陈廷敬提出改革朝廷救灾办法一事，这是有史料记载的。有一年，山东遭灾，朝廷按照旧例救灾。陈廷敬发现朝廷的救灾办法有大问题，他在奏折里说，先由地方报灾，户部打回去让地方再行核实上报，几上几下，等到朝廷把灾情弄清楚，已到次年四五月，而税赋减免和救济钱粮落实到老百姓手里，已到次年夏秋，前后费时八个多月。陈廷敬在奏折里分析说："如此其迟复者，所行例则然耳！"因此，他提出必须加以改革，建议一旦发生大灾，地方务必火速据实上报灾情，朝廷马上安排税赋减免和下拨救济钱粮。事后朝廷再行核查，若有虚报冒领则从严查处。

大臣奏事有严格的程序。各地上来的奏本，一律交通政使司。康熙皇帝设立南书房后，通政使司把奏折交南书房处理。南书房大臣没有品级要求，既有进士出身的尚书，也有像高士奇这样没有功名的六品中书。张英是最早入值南书房的大臣，康熙皇帝对他非常信任，赞赏他有古大臣之风，甚至为了他值班方便在禁城之内给他赐了宅子居住。这是清朝给大臣在禁城之内赐房子的先例。张英的两个儿子很有名，一个是张廷玉，一个是张廷璐。张廷玉是雍正朝的重臣，影响力一直延续到乾隆朝。张廷璐做过国子监祭酒，并长年多地任学政，学问品行都好。张家三父子都入值过南书房。南书房是皇帝的秘书机构，奏折先由南书房的官员看了，共同商议处理意见，替皇帝起草好拍板的文字。这叫票拟。皇帝看过认可，票拟就是皇帝的旨意了。所以，皇帝挑选南书房入值官员相当谨慎，事关朝廷军政大事的处理。康熙看重的身边亲近大臣，是轻易不肯放外任的。

小说里有关傅山先生的故事，都有基本的史实依据，情节却是虚构的。傅山在《大清相国》里不是作为主要人物写的，但他的故事几乎贯穿小说始终。傅山是清初著名的反清知识分子，学识渊博，人品高洁，很有气节。三百多年过去了，傅山一直受到中国知识分子的尊重。许多文学作品都描写过傅山，有些小说甚至把他塑造成武功高强的儒侠。我在《大清相国》里塑造的傅山，引起过争议。有人觉得我把傅山描写得太迂腐了，因为他对已经灭亡的腐朽的明朝愚忠。

其实，我并不是这么简单地处理文学形象的。写历史人物的爱国主义、民族气节，既要尊重历史背景，也要有现代意识。不然，很多实际问题没法面对。我在小说里，一方面赞赏傅山作为知识分子的民族气节，从事反清复明活动无望之后，他坚决不愿意同清朝合作；另一方面通过描写陈廷敬同傅山的交往，表明朝代兴亡更替是理所当然的大势，读书人愚忠一家一姓之朝廷不可取。我并不是用今人的脑子去想古人的事理，而是从当时的历史语境出发的。傅山同陈廷敬，确实代表了当时两种知识分子的态度，不能简单地说谁对谁错。傅山是明朝遗民，他按中国传统读书人的道理面对大变局，宁肯披发为道也不蓄辫，更不受清朝的官禄，可谓义薄云天。我在小说里精心虚构了康熙皇帝召见傅山的场景：康熙皇帝高坐在太和殿的宝座上，文武百官分列两边等着傅山觐见，却半天不见傅山人影。康熙皇帝从殿门望去，空旷辽远，直望到太和门上方的天空。他从来没有感觉到太和殿到太和门间这般遥远。熬过长长的寂静，终于看见傅山的脑袋从殿外的石阶上缓缓露出。傅山此处这般出场，我有深意在焉。陈廷敬学成文武艺，货与帝王家，他的事功都是历代知识分子所追求的。傅山同陈廷敬，如果褒一贬一，就不是正确的历史观。倘若迂腐地认为汉族读书人同清朝合作就是耻辱，那又如何解释两百多年后王国维以清朝遗老之身自沉昆明湖呢？

　　小说里的县令戴孟雄，钱粮师爷杨乃文，是两个虚构的人物。戴孟雄是个贪财坑民的假清官，这种官古今都有，从未绝种。古时候，衙门就是浑水摸鱼发横财的地方。有的官员自己清廉，却斗不过手段多端的老吏。所谓"管你官清如水，奈他吏滑如油"，说的就是这种情况。更何况，很多官员本身就不清廉，同下面的人沆瀣一气，官场就更是乌烟瘴气了。戴孟雄同杨乃文便是狼狈为奸的。戴孟雄没钱雇轿夫，自己儿子做轿夫，住着很差的房子，且父子挤在一起住，吃的穿的都极讲究节俭。陈廷敬识破了他的假面具，治了他的罪。我塑造戴孟雄这个形象，不是没有来由的，我从很多古人笔记里读到过对这类官员的记载。师爷杨乃文的形象，古代官场中更是多见。比如《红楼梦》里写到，贾政自己倒是个清官，但他的下人李十儿和粮道书办詹会就是杨乃文这类角色。

陈廷敬督理钱法是有史料记载的。陈廷敬不但学问好，而且懂经济。这同他的出身有关。陈廷敬家世代经商，他家的私塾既教经史子集，也教实务。陈廷敬家的读书人都不是书呆子。清康年间，一度钱贱铜贵，奸商毁钱鬻铜，赚取差价。当时，朝中大多数官员认为老百姓不认制钱，是因为钱铸得太轻了，应该把铜钱加重。陈廷敬认为，应当把钱铸轻，让奸商毁钱鬻铜无利可图，自然就不干熔钱的非法勾当了。康熙皇帝认为有理，派陈廷敬督理钱法。钱法官员这个差使在别人眼里是捞大钱的机会，但陈廷敬一文不取。

小说写陈廷敬的弟弟陈廷统被人利用，向钱庄老板借钱的故事是虚构的。历史上，陈家兄弟同贪腐案有点牵连的是陈廷敬的弟弟陈廷弼。陈廷弼放湖南临湘知县时，陈廷敬勉励弟弟做清官，写诗送给他，说："宦途怜小弟，慎莫爱轻肥。"轻肥，讲的是轻裘肥马，指的是奢华的生活。他告诫弟弟不要爱慕奢华的生活。俭养廉，廉养德。弟弟听了哥哥的话，在临湘任上官声极佳。后来步步升迁，做到广东粮道。粮道是肥差，鲜有不贪者。陈廷弼被人参了贪墨，但至今无史料可证真假。有专家研究，陈家在清代先后出过38位官员，都是清官。且不说陈廷弼是否干净，只说陈廷敬如何处理这件事。陈廷敬很得皇帝器重，在朝廷人脉也广，却没有出面为弟弟说半句话，听凭朝廷秉公查处。他只是拿这件事告诫陈家各门各姓亲戚子弟吸取教训，写诗说："凭寄吾宗诸子姓，清贫耐得始求官。"

历史上留下名来的清官，有真清官，有假清官。

《大清相国》里写到的云南巡抚王继文是个假清官。据《清史稿》记载，王继文是个干臣，没有他被陈廷敬参的故事。我是在山西做田野调查，听当地的陈廷敬研究专家介绍，说历史上真有陈廷敬参王继文的事。作为文学形象，我在王继文的塑造上，凭历史常识有意写一个假清官的形象。假清官从来都不少见，他们有的真贪假清，有的不贪钱却贪名贪权。贪清名而做酷吏，这种官吏祸民更深。康熙皇帝就说过"清官多刻"的话。后来的雍正皇帝对假清官很警惕，专门告诫地方官："不得借刻以为清，恃才而多事。"我笔下的王继文装清官装得很像，把老百姓都迷惑了。陈廷敬押他进京，百姓都来送行，甚至要把王继文抢下来。古时候，很多官员卸任，都有老百姓送上万民伞。史实让我们知道，很多所谓送万民伞都是官员自编自导的闹剧。

云南大观楼是王继文主持修建的，这是史实。相传王继文所书"大观楼"三字，实际是当时的云南书法名家阚祯兆的手笔。大观楼在咸丰六年（1856）毁于兵火，原匾被烧掉了。依古代习惯，官员请人代笔写文章、写诗、题字，都是常见的事。虽然常见，也是图虚名的做法。我在小说里写的故事，"大观楼"三个字，最初的对联，都是阚祯兆替王继文写的。阚祯兆在我的笔下，是一位看破世俗浮华的名士，并不把替人捉刀当回事。相反，他看出了王继文贪图后世虚名的可笑。

小说写的王继文正是那种并不怎么贪钱，却贪名贪权的官员。陈廷敬查出云南方面经济问题很严重，但王继文个人问题并不大。王继文这类假清官的危害要多年之后才会显现出来，可谓遗祸于后人。最后，康熙皇帝只是降了王继文的职，由总督改任巡抚。这符合康熙皇帝的性格，也基本符合史料对王继文的记载。

小说写到张鹏翮参明珠一事，都是虚构的。真实史料是御史郭琇参了明珠，被他同时参的还有吏部尚书余国柱。我在小说里写张鹏翮如何听皇上指派，充当弹劾明珠的马前卒，却是古时候常见的官场套路。康熙皇帝是先听人密报，说天下的官都被明珠和余国柱卖完了，十分震惊恼怒，才安排人上弹章的。我把参明珠的故事放在张鹏翮身上，为的是让事件线索集中，方便小说的结构安排。张鹏翮是康熙王朝的名臣，很有才干，治河有方。在雍正年间，他做到了文华殿大学士。小说里,他年轻时候的故事,属于文学虚构;而他后来的官场经历和主要事功,我是据史实写出来的。可谓真真假假。

当时官场作假成风,而作假的总根源正是在皇帝那里。康熙六次南巡,下面都是作假不断。我在小说里写到康熙皇帝到了杭州,当地衙门预备了很多美女接待官员们。情节看似戏说,其实是有史实依据的。小说写康熙皇帝在钱塘江检阅水师,遭遇了钱塘潮,这些故事也是虚构的。但阿山命人在水流湍急处搭台子供皇帝检阅水师,却是真有其事。小说里写到的阿山和刘相年,一实一虚。阿山是真实的历史人物,是位品行不端的官员。刘相年是依据真实历史人物陈鹏年虚构的。陈鹏年是湖南湘潭人,人品方正,为官清廉。他得罪了上司阿山,阿山故意刁难,命他在河水湍急处搭建台子供皇帝检阅水师。我在小说里写刘相年不得已在青楼里建圣谕讲堂,依据的也是陈鹏年的真实故事。

陈廷敬在小说里是装聋乞归的,史料依据是他因耳疾请求归田。陈廷敬做到首辅大臣,真的不想做官了。弟弟陈廷愫找他谋求升官,他劝弟弟回家陪伴父亲，过耕读自娱的清闲日子。他自己也写诗说："得遇隆恩原是害。"小说只写到陈廷敬乞归为止。真实史料是陈廷敬致仕之后，康熙皇帝又把他召回襄理朝政，陈廷敬最后老死相位。

融入大地

　　曾读日本南北朝时代法师吉田兼好的《徒然草》，周作人翻译的，里面有一则讲长生的文字，说人如能常住不灭，恐怕世间更无趣味。"寿则多辱"，活在四十岁内，死了最为得体。倘若过了这个年纪，就会忘记自己的老丑，想在人群里胡混；到了暮年，还要溺爱子孙，执着人生，私欲益深，人情物理，都不复了解。这是甚为可叹的。我读这书时，刚过四十岁，不觉骇然，陡然心虚起来，好像自己是个苟且偷生的懦夫无赖。

　　很小的时候，同龄人也许懵懂蒙昧，无忧无虑，我却对死有着莫名的恐惧。似乎很神秘，没有人认真告诉过我人终将会死去，但我慢慢地就知道了。我小时右边屁股上有块青记，长到七八岁都未褪去。大概三四岁的时候，奶奶告诉我人要降生了，阎王爷朝你屁股上重重地打一巴掌，说：下去吧。你就来到了人世间，屁股上的青记，就是阎王爷打的。敝乡的神话和民俗里，似乎很少听说天界跟玉皇大帝，听得多的却是阎罗殿，阎王爷既管生，又管死。似乎从那天起，我就知道自己是阎王爷打下凡间的，又将回到阎王爷那里去。那便是死。

屁股上的青记，谁小时都是有的，只是不知道别人也会由此早早地想到生死吗？我的童年，身边总是弥漫着死的氛围。我家的老木屋，据说是明代留下来的。奶奶敬奉先人，好几代祖宗的生辰祭日她都记得，中堂神龛上便隔三岔五香烟缭绕。神龛上的供品，只有那杯酒会泼在地上，算是祖宗享用了，余下的肉或果蔬，都会被家里人吃掉。我却不敢吃。很多的禁忌，也都同死有关。比方看见条金环蛇从地板底下钻出来，断不能打的，只能望着它逶迤而行，钻进某个洞眼里去。那叫家蛇。说不定，它就是哪位祖先化身而来。那个洞眼，便让我望而生畏。我有时候忘记了，坐在那个洞眼旁边玩泥巴。正玩得入迷，猛然想起那条金环蛇，就吓得尖叫着腾起来。深夜里，木屋子突然嘎地发出声响，奶奶会惊得从床上坐起来。她说这又是哪位祖宗回来了，便满嘴阿弥陀佛，想想家里哪件事情做得不好，惹得先人生气了。那栋古旧的木屋，仿佛四处飘忽着祖宗的幽灵。我常常触犯一个禁忌，就是天黑之后吹口哨。夜里是不能吹口哨的，会唤来山里的鬼魅。而那些鬼魅，就是我的先人。奶奶听见我吹口哨，会厉声吼住。我吓住了，侧耳倾听，窗外萧瑟有声，真像先人御风而来。

我家的中堂宽敞而高大，地面是平整而光滑的三和泥，四壁有粗而直的圆木柱。圆木柱上原本挂有楠木镌刻的楹联，破"四旧"时毁掉了。虽然到了爷爷这代，家道早已衰败，祖上却是读书做官的。神龛上贴着大幅毛主席画像，我多年之后才知道那画像后面仍贴着家族谱牒，世系源流，高祖高宗，尽供奉其上。中堂里的旧物，唯有神龛下那个青铜香炉。那香炉现在早不见踪影了，说不定是个宣德炉也未可知。但小时候我是很怕见那个香炉的，上面满是香油残垢，它的用场总是同死有关。中堂北边角上，放着一副棺材。从我记事开始，棺材就已经在那里了。那是奶奶替自己备下的。奶奶很细心地照料着她的棺材，每隔些日子就会掀开盖在上面的棕垫子，抹干净上面的灰。奶奶似乎把那棺材当作宝贝，我却害怕得要命。因为那棺材，我不敢独自在中堂里玩，天黑之后不敢从中堂门口走过。家族里的红白喜事，都在中堂里操办。从小就见过好几位老人的死，先是停放在中堂里的案板上，盖着红红的缎面寿被，再择日入殓到棺材里去。那纹理粗重的案板，那红得扎眼的寿被，都令我生发古怪的联想。过年时热腾腾的糍粑便要摊放在这案板上，而这案板早不知停放过多少死去的先人了；新媳妇过门都会陪嫁红红的缎面被子，而这红缎被面又总会让我想起盖在死人身上的寿被。新郎新娘在中堂里拜堂成亲，多年之后又躺在这中堂里驾鹤西归。那个青铜香炉，不管红白喜事，不管人们欢笑哭号，一律都燃着香烟。生与死，喜与悲，就这么脸挨着脸。

我原先总不明白，为什么人到老年以后，再不怕死。去年还乡，见邻家族叔正围着堆木料忙乎，便同他打招呼。族叔是位木匠，已快七十岁了，笑眯眯地说在给自己做棺材。他说得若无其事，却把我震撼了，不免黯然神伤。敝乡替老人备棺材是件很庄严的事，须做酒请客，举杯畅饮。老人还得爬进新做好的棺材里躺会儿，说是可以延年益寿。小时候见过好几回，老人家在鞭炮声中心满意足地躺进棺材里去。我却怕得要命，想不通那老人居然笑容满面。又想起自己的奶奶，她老人家去世的时候我才十几岁。记得奶奶总是笑呵呵地同别人讲到自己的死，真像要去极乐世界一样。哪怕村里有青壮男人做了不好的事，奶奶仗义执言，都会说道："不怕我死了你不抬我上山，我也要说你几句！"奶奶总是把死轻轻松松地挂在嘴边，我听着却是毛骨悚然，害怕奶奶死去。我外婆和外公脾气不合，三十几岁时就分居了，直到老死互不通问。两个舅舅成家以后，外公住在大舅家，外婆随二舅过日子。外公死的时候，外婆已经瘫痪，成天伏坐在门口。人们抬着寿棺，白衣白幡，哭号震天，从二舅家门口经过。外婆老眼昏花，问道："这是谁呀？"听说是外公去了，外婆沉默良久，只说了一句话："他到好处了。"我相信此时外婆心里，几十年的恩怨早已冰释云消，只有对死亡的淡定和从容。我有一回偶然在某本书上看到，原来现代医学研究表明，人进入暮年之后，内在机理上会慢慢为死做好准备，不再惧怕死亡。我倒宁愿相信人是越活越通达的，进入暮年皆成哲人，于生死大道都圆融了。

我尚未出生，父亲就"因言获罪"，家庭陷入水深火热。我兄弟姐妹又多，父母肩上的担子很重，很难有好心情。父亲面色本来就黑，常年不开笑脸，很是怕人。孩子们的耳边时常充斥着咒死声。"老子打死你！""你想死啊！""吃了你去死！""哭个死啊你！"但听着父母的咒死声，我是麻木的。我从小怕死的原因，既不是眼见着别人的死亡，也不是耳边充斥着咒死声。恐惧死亡似乎是与生俱来的，只是这种恐惧来得太早，纠缠得太深。我很小就开始失眠，躺在床上不免胡思乱想，经常会想到自己死了怎么办？我想自己死了就永远见不到父母兄弟了，我在这个世界上就永远不存在了，今后世上还会发生很多事情我都不知道了。想着想着，我根本不知道自己还没有死，还躺在黑夜里。我只看见自己躺在中堂的案板上，穿着小小的寿衣，父母、奶奶、外婆、姐姐、哥哥，都围着我号啕大哭。依着乡俗，小孩子死了不会享用棺木，多用薄薄的木板简单地钉个木箱，叫作函子。也不会慎重地卜选坟地，而是草草地埋葬在荒地野坡，尸首常常被野狗刨出来吃掉。我见过很多尸骨狼藉的童子坟，让人惧怕和恶心。我猛然回过神来，才发现自己早哭湿了枕头，浑身哆嗦不止。有时被父母打骂了，满心委屈，也想自己干脆死掉算了。我会躲到某个角落，想象自己的死。想着想着，仍是想象全家老小围着我哭，又把自己弄得泪流满面。但是，此刻心里却有着报复了父母的快意。

我真切地感受到死是那么容易，那么近在咫尺，大概是六七岁的时候。那是夏天，我去河里游泳。我至今记不得自己是如何学会游泳的，仿佛生下来就能在水里扑腾，就像鸭、鹅和水牛。可是那天，我正在河里玩得高兴，突然听说淹死人了。我吓得要命，奋力游向河岸，仿佛水里尽是落水鬼。从小就知道，水里淹死的人，就会变成落水鬼，须得害死一个人，自己才得超生。淹死的那个人叫毛坨，已有二十岁了，被人捞上来抬回了村子。一大帮男孩尾随着，有的穿了短裤，有的光着屁股。毛坨被平放在案板上，两个人扯着他的手，来回摇摆着。据说这么摇着摇着，人有可能活转来。毛坨的妈妈在旁边呼天抢地，哭诉毛坨从小是多么懂事，却没吃过好的，没穿过好的。旁边有人在议论，肯定是碰上落水鬼扯脚了。那天晚上我睡不着，身子蜷得像田螺，总感觉那落水鬼就在我脚下张牙舞爪。我家离毛坨家不远，他妈妈的哭声，佛事道场的法乐声，断断续续的鞭炮声，都能清清楚楚地听见。我只要闭上眼睛，就能看见毛坨躺在案板上的样子。我把眼睛睁得大大的，不去看他。我一动不动躺在床上，突然觉得我就是毛坨，躺在案板上，胸口就像压了一块大石头喘不过气来。我死了！我吓出一身冷汗，从床上赶快爬起，钻到父母床上去了。妈妈气哼哼骂道："要死啊，不好好去挺尸，挤到这里来干什么？"

从少年开始直到青年时代，我居然不怕死了。我被革命英雄主义怂恿着，热血沸腾，激情满怀，随时准备着牺牲生命。自小开始失眠的毛病到这时愈演愈烈，却常于黑夜里陷入视死如归的狂想。我很羡慕那些生于革命战争年代的少年英雄，王二小和刘胡兰成了我心目中的偶像。在众多文学形象里面，我最崇拜《平原游击队》里的李向阳，他神出鬼没，智勇无双。我削过木头手枪，把自己武装成双枪手，成天比画着啪啪地朝敌人左右开弓。白天里玩的游戏，也多是革命战争故事。冬天，生产队熬制蔗糖，甘蔗渣堆成山，足有三四米高。我经常把自己想象成《英雄儿女》里的王成，拿甘蔗做爆破筒，从高高的甘蔗渣堆上勇敢地跳下去，顿时感觉浓烟滚滚，敌人血肉横飞。回忆少年时代的自己，真是胆大包天。潜入深深的水潭，硬要憋得胸闷气短、脑袋发涨，才猛地蹿出水面；爬上高高的树梢，任自己在云端秋千般荡着，好几次差不多摔死；黄昏时专门去坟堆里穿梭，脑子里还故意想象鬼从坟头飘然而出，只想证明自己多么不怕死。回想起来，当时根本没有认真想过所谓牺牲意味着什么，只是像中了传说中的蛊毒，精神常常处于迷幻状态。如果当时真的模仿狼牙山五壮士，从高高的山崖上纵身跳下，我早就英勇献身了。真还为此后怕过。

大约二十多岁以后，有那么十来年，我对死亡无所谓怕与不怕，居然暂时把它忘记了。求学、工作、成家、生子，不再像儿时那么懵懂和天真，实实在在的责任压在肩上，不由得我想太多。当然也经常憧憬未来，却似乎自己的生命漫无边际，还可以做很多事情。想得更多的是如何教养孩子，相信孩子身上能够发生不可想象的奇迹。人们都说自己的生命会在孩子身上得到延续，我想这多半是种感情色彩的说法，我并不认为自己同后代在生命上有某种线性联系。我只是我，孩子就是孩子。只不过我从孩子身上，无意间感觉到生命的生生不息，多少有些安慰而已。但是，就像我们无法预知自己的死亡，生活本身是无可选择的。有时候我们看上去似乎是选择了，其实我们只有一种选择。只不过答案事先从来不由我们自己掌握，命运之神是位永远沉默的严厉考官。回首自己几十年平淡无奇的草芥浮生，生活状态的流变、栖身之所的迁徙、价值观念的嬗变、人事关系的遭逢，乃至于爱恨情仇、得失荣辱、喜怒哀乐，都是我不能自主的。早些天我偶然翻出自己二十四岁时的照片，照片上那个目光清纯却有些怯弱的青年简直叫我不敢相认。那个青年同现在的我差距有如天壤，细细辨认才能找出些蛛丝马迹的关联。皮肉之相的差别已是如此，而皮肉包裹之下的这个人，早已死死生生多少次了。我永远走不回从前，不管愿意不愿意只能朝不可预知的未来走去。未来虽说不可预知，终点的黑线其实早已画好，只等着我哪天蹒跚而至。有人发誓赌咒要扼住命运的咽喉，我想这是最荒唐的狂妄自大。

　　我于是重新想起死亡这么回事，从此再也不能忘怀。这大概是三十多岁以后，父母慢慢老去，自己鬓毛渐白，生命消逝的感觉有如利刃切肤，又像沙漏演示时间那么形象具体。中国人在宿命里有诸多不幸，至少没有宗教可以安慰灵魂。有位朋友妻子患癌症故去了，他说当妻子知道自己的病情以后，那种惶恐、痛苦和绝望简直令她如钝刀剜心。他妻子试着皈依上帝，可她跪在教堂里唯有失声痛哭。她已没法把自己的灵魂交给上帝，一切都晚了。乐生恶死，或者贪生怕死，一直是中国人的寻常状态。活着就是为了死亡，这在西方本来是常识性的哲学命题，却是中国人不忍承认和信奉的。15世纪初，巴黎的一个墓地诞生了一幅被称作《死亡之舞》的壁画，画面上国王、农夫、教皇、文书、少女共舞，他们每个人都手挽一具僵尸，而这僵尸就是他们自己。《死亡之舞》从此以后以木刻、油画等多种形式流传于所有基督教国家。壁画告诉人们一个事实：每个人都与死亡共舞终生。西方甚至出版过《死亡艺术》这样的书，几百年畅销不衰，旨在告诉人们如何从容地迎接和面对死亡。

但中国人有没有关于死亡的智慧呢？我想也是有的，且不说老庄，且不说佛道，单是中国人寻常话语中不经意间就渗透着很多认识死亡的信息。比方说，从来就没有死去的人可以活过来告诉我们关于死亡的体验，但奇怪的是古今中国人都会说"欲仙欲死"这句话，把欲仙的极乐与死亡的感受等同。我看过一份医学研究报告，说爱导致的心跳频率与死导致的心跳频率相同。我能理解为什么欲仙就是欲死，我也理解为什么那么多人不惜毁灭生命也要去冒险、恋爱、挑战自然极限等等。萨德的小说写到虐恋，描写有种人只有在上吊时双脚悬空那个瞬间才能获得性高潮。我觉得可怕，但是可信。这里面蕴含着一个很深的哲学命题：极乐状态就是一种自我迷失。彻底交出自己，甘心失去自我意识，由此找到人生的最高快乐、最高价值。这看似荒谬，却是人生的真实。高尚如法国神秘宗教哲学家薇依，异端如色情小说家萨德，智慧如中国哲学家庄子，表面看相去万里，实际上殊途同归。薇依杀死自我，把自己彻底交给上帝；萨德追求极致性刺激，在痛苦恐惧中寻找迷失的天堂；庄子讲究物我两忘，以泯灭自我作为归于天地大化的最高境界。中国人日常话语中的生死两极看似矛盾的表述还可随意列举许多，诸如快乐得要死和难过得要死，好玩死了和无聊死了，好得要死和坏得要死，好吃得要死和难吃得要死，等等。总之，最好的、最美的、最快乐的、最动人的，似乎都散发着死亡的气息。这也许就是中国式的智慧，面对死亡不太在意学理性的哲学思考，更不会由此诞生宗教，却有许多感性体悟。所谓悠然心会，妙处难与君说。

今夜这篇文章收尾，正是农历七月十五。这是中国纪念已故先人的日子，敝乡俗称鬼节。乡人会焚香祭酒，做很多庄重的仪式。先人的幽灵都会飘然下山，享用后代的供奉。如果相信灵魂，那么今夜华夏大地便是鬼魅翩跹，似乎是中国式的"死亡之舞"。死亡同我们就是这么贴近，这么亲密无间！四十岁以后，我对死的态度很平和了。我们没有《死亡艺术》之类的书可以阅读，就像我们在生活中学习求生本领，我们只能面向死亡学习死亡艺术。生活是最好的教材，而灾难、困厄、痛苦等等，比幸福和快乐更能启迪人生。目睹亲友的死亡、缠绵自身的疾病、痛不欲生的失恋，都会教人洞穿生死的本质。我现在已经不怕死，不恨死，也不寻死。死亡同我只是有约在先的朋友，他终究会来找我的，我会乖乖跟他走。我只需从容淡泊地活着，承担些力所能及的责任，死亡就让他等在那里吧。稍有遗憾的是我自小就被造就成无神论者，既没有天堂或上界，也没有地狱或阴间，只能是来自大地又融入大地。